覚醒する風と火を求めて

本村俊弘

覚醒する風と火を求めて

二〇〇四年（平成一六年）　三月三〇日（火）曇り後雨

往復の通勤時にアリシア・デ・ラローチャのピアノ演奏によるグラナドスの曲を聴く。

二〇〇四年（平成一六年）　三月三一日（水）晴れ

アリシア・デ・ラローチャの演奏によるグラナドスの曲を聴きながら通勤する。体調は風邪気味である。

二〇〇四年（平成一六年）　四月一日（木）晴れ

午前六時一〇分に起床する。体調は依然として風邪気味である。アリシア・デ・ラローチャのピアノ演奏を聴きながら通勤する。午前中の仕事を終えて帰宅の途につく。珈琲館で旅行の申し込み書類と海外保険の書類を仕上げる。八百屋でジャガイモと人参を買う。夜にＭＰ３プレーヤーのアリシア・デ・ラローチャのピアノ演奏を消去して、アルツール・

ルビンシュタインのピアノ演奏に換える。曲はショパンの夜想曲集。ポテトサラダをつくる。

二〇〇四年（平成一六年）　　四月二日（金）曇り

午前六時三五分に起床する。アルツール・ルビンシュタインのピアノ演奏によるショパンの夜想曲を聴きながら通勤する。母と妹が甥の慶応大学入学式出席のために上京してくる。

二〇〇四年（平成一六年）　　四月三日（土）

アルツール・ルビンシュタインのピアノ演奏によるショパンの夜想曲を、聴きながら通勤する。半日の仕事を終えて、横浜元町中華街へ出向く。池袋駅から山手線で渋谷駅に出て、東急東横線に乗り換える。東横線に乗るのは二十数年ぶりになるだろう。特急横浜元町中華街行きに乗る。中目黒、自由が丘、多摩川を渡り武蔵小杉、横浜を通過して終点の元町中華街駅に到着した。思いのほか早く着き驚いた。今まで横浜に行く時は京浜東北線を使っていたが、東急東横線が便利だと思った。終点の駅も、みなとみらい線という新しい線で快適であった。母、兄、妹と中華街にあるローズホテル一階にある重慶飯店新館（横浜市中区山下町七七）で会食する。慶応大学日吉キャンパスで入学式を終えて、クラブ活動の説明を受けていた拓也君が後から合流した。食事代は二六六四二円だった。横浜中華街は初めてだった。午後一〇時頃に来たルートと同じ路線で帰宅した。

二〇〇四年（平成一六年）　四月四日（日）　雨時々曇り

午前七時半頃に起床する。インターネットで、はとバスのコース、時間、料金を調べて妹に電子メールで送る。母、兄、妹、拓也は東京駅南口へ行き、はとバスに乗り東京観光をする。選択したコースは東京駅丸の内南口を一〇時半に出発し、深川江戸資料館、浅草演芸ホール、浅草観音と仲見世、墨田川下りをして東京駅に四時半に戻ってくるコースだった。料金は大人一人九一〇〇円。愛車のビッグホーンで東京駅丸の内南口へ向かう。

二〇〇四年（平成一六年）　四月五日（月）　快晴

帰宅すると、郵便受けに京都にある河井寛次郎記念館のSさんより『河井寛次郎展』の案内状と招待券が入った封書があった。『河井寛次郎展』（表現者／陶芸・木彫・家具）は二〇〇四年四月六日から五月二三日まで渋谷区松涛美術館で開かれる。

二〇〇四年（平成一六年）　四月六日（火）　晴れ

通勤時にアルツール・ルビンシュタインのピアノ演奏によるショパンの夜想曲を聴く。帰宅するとIACEトラベルから旅程表とACE TRAVELER'S HANDBOOKのチケットに関する書面が送られてきた。書面の内容は「この度は、航空券ご予約頂きまして、ありがとうございました。ペーパーレスチケットですので、万が一、お送り致しましたチケットを無くされたとしても、飛行機には問題なく搭乗できますので、ご安心ください。なお、お客様の予約番号ですが、『BG3NJV』となっております。この番号でコンチネンタル航空にてお客様のご予約状況など確認できますので、なにか現地やチェックイン時に問題が発生するような事がありましたら、上記番号をお伝えください。ご不明な点がございましたら、ご連絡ください。」というものだった。

二〇〇四年（平成一六年）　四月七日（水）

朝、出勤するとゴミステーションに段ボールと新聞紙の束が出してあった。それを見て、新聞紙を出すのを忘れたことに気づいた。今月は出さなければと思っていたので、悔しかった。また一カ月待たなければならない。今までYahooのカレンダーにスケジュールを書き込み、携帯電話への通知をチェックすると携帯電話へ指定した日にスケジュールの内容が送られてきていた。それを怠っていたので曜日をついつい忘れてしまった。午後九時からTBSの番組『K-1ワールドMAX２００４世界一決定トーナメント開幕戦』を見る。七月に行われる決勝トーナメントに参加権を得るための試合であった。魔裟斗は今年になって初めての試合である。

二〇〇四年（平成一六年）　四月八日（木）

アルツール・ルビンシュタインのピアノ演奏によるショパンの夜想曲を聴きながら通勤する。半日の仕事を終えて、練馬区貫井にある練馬区立美術館へ行く。『「超」日本画宣言』展を鑑賞するためだった。途中、みずほ銀行のATMからIACEトラベルの口座に海外旅行保険代一万九九〇円を振り込む。東武東上線で池袋に出て、西武池袋線の各駅停車清瀬駅行きの電車に乗り中村駅で下車する。練馬区立美術館へ来たのは十数年ぶりになるだろうか。『オノサトトシノブ展』以来だと思う。入場料は三〇〇円だった。

二〇〇四年（平成一六年）　四月九日（金）　晴れ

午前六時五〇分に起床する。シャワーを浴びる。髭剃り器で髭を剃る。シャツにネクタイをして背広を着て出勤する。今朝もアルツール・ルビンシュタインのピアノ演奏によるショパンのノクターンを聴きながら通勤する。午前八時一五分ごろに職場に着く。職場でおにぎりとインスタント味噌汁を食べる。仕事を終えて帰宅すると、郵便受けに母からの手紙が入っていた。内容は上京した折のお世話になった感謝の言葉であった。

二〇〇四年（平成一六年）　四月一〇日（土）　晴れ

出勤する前に一〇分ほどピアノの練習をする。アルツール・ルビンシュタインのピアノ演奏によるショパンのノクターンを聴きながら通勤する。職場に午前八時一五分頃に着く。午後一時に仕事を終えて職場を退出する。コンビニで紙パックの牛乳を二つ買ってから帰宅する。一時間ほど昼寝する。それからピアノの練習をする。夕方になってからピアノと声楽のレッスンを受けに車で外出する。レッスンを終えてからスーパーマーケットで食料品を買い溜めしてから帰宅する。帰宅した時間は午後一一時だった。

二〇〇四年（平成一六年）　　四月一一日（日）　曇天

午前七時に起床する。カーテンを開ける。珈琲を淹れ、毎日新聞の朝刊に目を通す。テレビをつけ、ＮＨＫの番組『日曜討論―日本人人質事件はなぜ起きたか？緊迫するイラクでいま何が？』を観る。討論に参加していた人は、アジア経済研究所の酒井啓子氏と東大、防衛大学校、拓殖大学各大学の教授だった。

二〇〇四年（平成一六年）　　四月一二日（月）　晴れ

アルツール・ルビンシュタインのピアノ演奏によるショパンの夜想曲を聴きながら通勤する。午前八時一五分に仕事場に着く。午前八時四二分から仕事を開始する。午後五時二一分に職場を出る。駅前の酒屋で発泡酒半ダースとアップルジュースを買い求める。午後六時一〇分頃に帰宅する。洗濯物を取り込む。発泡酒を飲みながらフジテレビのスーパーニュースを見る。午後七時三〇分からＮＨＫの番組『クローズアップ現代』を観る。今夜のテーマはイラクで起きた日本人人質事件であった。人質事件を起こすイラクの現況を伝えるものだった。午後八時から四五分まで『地球・ふしぎ大自然―イワシ大移動一〇〇〇キロ』を視聴する。取材場所は南アフリカ喜望峰の海であった。主役はマイワシの大群で、脇役がオットセイ、イルカ、サメ、カツオドリであった。喜望峰の大陸棚はマイワシの産卵場所で、孵化したマイワシの稚魚がカツオドリ、オットセイ、イルカの餌になっていた。秋が近づくと成長したマイワシは餌となるプランクトンを求めて荒れ狂う海へ、東に向かって泳ぎだす。その距離は一〇〇〇キロにも及ぶ。オットセイ、カツオドリ、イルカ、サメが餌となるマイワシの大群を追って荒海に乗り出す。東海岸沿いに大きく移動したマイワシの大群は最終目的地の海で、挟まれる形でオットセイたちの餌食になってしまう。それでもマイワシは激減することはない。南アフリカの喜望峰沖は世界でも有数の豊かな海なのである。

二〇〇四年（平成一六年）　四月一三日（火）　曇り

アルツール・ルビンシュタインのピアノ演奏によるショパンの夜想曲（一九曲）を聴きながら通勤する。

二〇〇四年（平成一六年）　四月一四日（水）　曇りのち雨

午前六時五〇分に起床する。おにぎり二個と味噌汁で朝食を摂る。仕事場に午前八時一五分頃に着く。同四〇分から仕事を開始する。午後五時半に仕事を終える。同五三分発の電車に乗り、帰宅の途につく。駅で朝日と読売の夕刊を買う。午後六時四〇分頃に帰宅する。七時のニュースに引き続いて『クローズアップ現代』を観る。今夜のテーマは「アメリカの誤算―ニュースキャスター　テッド・コペル氏が語るイラクの現状」だった。午後九時一五分から『その時　歴史が動いた―日本の運命を背負った少年たち・天正遣欧使節』を観る。番組は昨年、ポーランドで発見された一六世紀のラテン語と日本語で聖書の一節が記された書類のことから始まった。書類はイエズス会の宣教師ヴァリヤーノが日本のキリシタン大名の領地から選んだ四人の少年がヨーロッパに派遣された時に、ローマで書いたものであった。

四月一五日（木）　快晴

二〇〇四年（平成一六年）

午前七時に起床する。慌ただしく出勤する。アルツール・ルビンシュタインのピアノ演奏によるショパンの夜想曲を聴きながら通勤する。遅刻ギリギリの八時三八分に着く。半日の仕事を終えて帰宅の途に就く。駅ビルにあるスターバックスコーヒー店で珈琲を飲みながら読書する。読書を終えて四階にある書店で「スカイスポーツ」誌と「JALシティ・ガイド・マップ三五番　ワシントンＤＣ」を買い求める。コンビニのファミリーマートで

JUPIカードの支払いを済ませる。帰宅後、洗濯物をベランダに干す。新たに衣類を洗濯する。駅前の酒店から予約していた白のボージョレーヌーボーが、フランスから船便で入荷したという電話をもらった。

二〇〇四年（平成一六年）四月一六日（金）晴れ

アメリカの首都ワシントンにあるスミソニアン博物館に関する書物と、広島に原爆を投下したエノラ・ゲイ（B二九爆撃機）をスミソニアン航空宇宙博物館に展示するにあたって起きた問題を、取り上げた本をアマゾンに注文した。

二〇〇四年（平成一六年）四月一七日（土）晴れ

朝、二度寝をしてしまい、危うく遅刻しそうになった。目が覚めたのは午前七時四一分だった。洗面を素早くして洋服を急いで着て、駅へ向かった。午前七時五八分発の急行電車に乗り、志木駅で始発の各駅停車池袋行きの電車に乗り換えた。職場のタイムレコーダーは午前八時三八分を印字した。今朝は朝食を摂ることが出来なかった。車中ではアルツール・ルビンシュタインのピアノ演奏によるショパンの夜想曲をＭＰ３プレーヤーで聴いた。午後〇時五五分に職場を後にした。駅ビルにある回転寿司屋で昼食を摂る。先日、電話連絡をもらった駅前の酒屋に立ち寄り、予約していた白ワイン三本を購入する。銘柄は「Beaujolais Blanc」、葡萄の品種はシャルドネ、味は辛口、容量は七五〇 ml、アルコール分は一三%。生産者は LOUIS TETE 社で、この会社は家族経営のワイン醸造会社で、優良な農家と契約してシャルドネを仕入れている。専門家の評価の高いワインを醸造している。ボージョレーの白は僅かしか生産されない珍しいワインである。

二〇〇四年（平成一六年）

四月一八日（日）晴れ

午前九時半頃に起床する。午前一〇時より『サンデー・プロジェクト』を観る。内容は緊急特集として、イラクの日本人人質事件の背景とファルージャの状況確認、以前人質になったことがある韓国人牧師の体験談、アメリカの元国防省高官と宮沢元総理大臣へのインタビュー、日本人人質事件を中心としたイラク情勢に関する討論で構成されていた。討論には自民党の久間章生氏、民主党の前原誠司氏、民主党の国際局長、早稲田大学助教授、他一名が参加していた。バグダッドの五〇キロ圏内にあるファルージャ市で、アメリカ軍と武装勢力との軍事衝突で多数の民間人に犠牲者が出ている模様で、ベトナム戦争時のソンミ虐殺事件と同じことが起きたのではないかと疑いが持たれている。イラク情勢はアメリカ軍の占領政策の失敗により、混迷を深めている。このままではアメリカ軍はベトナムの二の舞を踏むことになるだろう。MP3プレーヤーからピアノ曲を消去して、パソコンから新たにギター奏者の村治佳織のアルバム『GREEN SLEEVES』(全二九曲)をインストールした。主な曲は「一六世紀の七つのイタリア音楽」(キレゾッティ編曲)、「四つのスコットランド古謡」(作者不詳)、『三つの宮廷のダンス』などであった。容量には余裕があったので大江光の作品二一曲をインストールした。主な曲名は「人気のワルツ」、「森のバラード」、「ノクターン」、「バースデーワルツ」、「アベ・マリア」などである。ピアノ演奏は海老彰子さん、フルートは小島浩さんであった。

午後九時からNHKスペシャル『イラク復興〜国連の苦闘』を観る。イラクに安定を求めてアメリカに異を唱えた国連事務総長アナン氏の奮闘に密着した内容だった。アメリカのイラク占領政策の転換を、時間軸に沿って知ることが出来た。アナン事務総長の強いリーダーシップのもとに、国連のイラクで果たす役割が着々と準備されていた。アメリカ軍がイラクで泥沼化した戦闘を続ければ、今年一一月に行われる大統領選挙でのジョージ・W・ブッシュ大統領の再選はないだろう。これからもイラク情勢から目を離すことが出来ない。国連主導の下にイラク人自身による国家再建が成功することを僕は願っている。アメリカ大統領選では国連の下にイラク再建を表明している民主党のケリー候補を私は支持したい。NHKの三か月に及ぶ取材による今夜のNHKスペシャルは見応えがあった。元アルジェリア外務大臣のブラヒミ国連特別顧問の動向に注視していきたい。アナン国連事務総長のアメリカに対する毅然とした態度には、テロで亡くなったデメロ国連事務総長代理をはじめ、二二人の国連職員の死が決起としてあるように思えてならない。ヒストリー・チャンネルの番組『自伝―ネルソン・ロックフェラー』を観る。ネルソン・ロックフェラーニューヨーク州知事を四期務めた人で、勿論資本家で大金持ちのロックフェラー家の出身である。七〇歳の時に心筋梗塞で亡くなったが、死を迎えた時の状況は二〇歳代の女性職員との情事中であった。家族は最初、会社で勤務中に心筋梗塞が起きたと嘘の発表をしていた。ネルソン・ロックフェラーは若い頃より美術品の収集をしていた。特に力を入れて収集したのが近代と現代の美術品だった。

二〇〇四年（平成一六年）　　四月一九日（月）　曇り

午前六時四五分に起床する。午前八時一五分頃に着く。通勤時に村治佳織のギター演奏を聴きながら通勤した。帰りの電車では大江光作曲のピアノ曲を聴く。今年初めて自宅付近で飛ぶ蝙蝠を目撃する。金星が殊の外明るく輝いている。月は毛筆の細い線のようにある。午後七時からＮＨＫニュースを見る。引き続いて『クローズアップ現代』を視聴する。今夜のテーマは混迷するイラクだった。イラクの武装勢力に人質となっていた安田純平さんの発言に耳を傾ける。人質になった原因はファルージャ市でのアメリカ軍の攻撃にあって、多数の民間人が犠牲になったことがあげられると話していた。人質を取った武装勢力は部族を守る闘争の一環だと述べていたそうである。解放されるか、されないかは銃を携帯していたか否か、だったそうである。また解放された理由として挙げていたのが、日本が培ってきたイラクとの友好関係だったと発言していた。アメリカ人の中東専門家マーフィー氏はキャスターの国谷裕子氏の質問に答えて、アメリカのイラク占領がうまくいっていないのは、イラクに対する無知によるものだと述べていた。

二〇〇四年（平成一六年）　四月二〇日（火）　晴れ

村治佳織のギター演奏によるリュート曲を聴きながら通勤する。昼休みに携帯電話を使って池袋西武百貨店内にあるユースホステル協会に電話をする。会員になるための手続きを聞く。アメリカのワシントンＤＣにあるユースホステルの空き状況を調べてもらう。仕事を終えて東上線に乗って池袋へ出る。池袋西武百貨店八階にあるユースホステル協会へエレベーターを使って行く。受付で書類に必要な事項を書き込み、免許証を提示して年会費二五〇〇円を支払い、ユースホステル会員証を発行してもらう。引き続いてインターネットを使って international booking networks でワシントンＤＣにあるユースホステルの宿泊予約をする。二泊で六四二〇円だった。予約番号は三二〇〇七／一五五九七三〇。地下にある書店ＬＩＢＲＯ『地球の歩き方　ワシントンＤＣ　二〇〇三～二〇〇四年版』を買い求める。

二〇〇四年（平成一六年）　四月二一日（水）　快晴

村治佳織のギター演奏を聴きながら通勤する。帰宅するとアマゾンに注文していた書籍が二冊届いていた。Ａ・ヘンダーソン著『スミソニアンは何を展示してきたか』とフィリップ・ノヒーレ、バートン・Ｊ・バーンスタイン著　三國隆志他訳『原爆展―スミソニアンの抵抗と挫折』だった。

二〇〇四年（平成一六年）　四月二二日（木）　曇り

村治佳織のギター演奏を聴きながら通勤する。午後〇時半に勤務を終える。スターバックスコーヒー店でコーヒーフラッペを食べながら『地球の歩き方―ワシントンＤＣ』を読み、旅のシュミレーションをする。ニューヨークから国内線のコンチネンタル航空機に乗り、ワシントンＤＣの近くにあるロナルド・レーガン空港に降り立ち、地下鉄ブルーラインのNational Airport駅からユースホステルのあるMetro Center駅まで行く。所要時間は約二〇分と算出する。地下鉄の切符の買い方を調べる。スミソニアン航空宇宙博物館とナショナルギャラリー（国立絵画館）に関する章を読む。ワシントンＤＣに行ったらこの二か所を見学するつもりである。ルミネ四階にある書店で『天文年鑑二〇〇四年版』を買い求める。帰宅後、インターネットで今回利用するコンチネンタル航空のことを調べる。ついでにコンチネンタル航空のONE PASS会員になる。コンチネンタル航空ではマイレージが無期限とのことである。

二〇〇四年（平成一六年）　四月二三日（金）　曇り

午前六時四六分に起床する。村治佳織のギター演奏を聴きながら通勤する。今日は残業となってしまった。スターバックスコーヒー店でワシントンＤＣに関する本を読む。

二〇〇四年（平成一六年）　四月二四日（金）　晴れ

今日も村治佳織のギター演奏を聴きながら通勤する。半日の仕事を終えて帰宅の途に就く。昼食は駅構内にあるレストランで摂る。午後二時頃に帰宅する。仮眠をとる。午後五時ごろからピアノの練習をする。午後七時一五分ごろにピアノと声楽のレッスンを受けに出かける。午後一〇時半頃に帰宅する。母からの手紙と先日上京時に撮った写真三枚が送られてきた。

二〇〇四年（平成一六年）　五月一日（土）　曇り

旅行の支度をして出勤する。午前中の仕事を終えて成田へ向かう。成田国際空港から約一二時間半かけて無事にニュージャージー州にあるニューアーク・リバティー国際空港に着く。

二〇〇四年（平成一六年）　五月一五日（土）　曇り

Zoltan Kocsis のピアノ演奏によるラフマニノフとドビッシーを聴きながら通勤する。仕事を終えて池袋にでて山手線の高田馬場駅で下車する。BIG BOX 前で古本市をやっていたので覗く。古本三冊を購入する。地下鉄東西線に乗り竹橋駅で下車する。国立東京近代美術館で開催されている『国吉康雄展』を鑑賞する。初期の絵がいいと思った。

五月一六日（日）　曇り
二〇〇四年（平成一六年）

午後四時頃からピアノの練習をする。ピアノはKAWAIの電子ピアノで、イヤホンをして音が外に漏れないようにして練習している。テキストはHANONを使っている。ピアノと声楽のレッスンを受けに愛車で浦和まで行く。午後一〇時半頃に帰宅する。

五月一七日（月）　曇りそして霧
二〇〇四年（平成一六年）

霧で視界が悪い朝だった。Zoltan Kocsisのピアノ演奏によるラフマニノフ、ドビッシー、ドホナーニの曲を聴きながら通勤する。書店のブックファーストで本を購入する。書名は創元社の『キリスト教の誕生』。午後八時から同四五分までＮＨＫの番組『地球・ふしぎ大自然　標高四〇〇〇メートルでサバイバル』を観る。エチオピアのセミエン山岳国立公園で、富士山より高い高地で生き抜く霊長類ゲラダヒヒの生態を追ったものだった。低酸素の高地で、しかも断崖絶壁での生活は厳しいものだが、群れ同士が仲違いすることなく協力しながら生活している。

二〇〇四年（平成一六年）　五月一八日（火）　曇り

Zoltan Kocsis のピアノ演奏によるラフマニノフのピアノ協奏曲第四番ト短調と前奏曲嬰ハ短調と Vocalise、ドビッシーのピアノと管弦楽のための幻想曲、ドホナーニの童謡による変奏曲を聴きながら通勤する。

二〇〇四年（平成一六年）　五月一九日（水）　曇り

午前六時一五分頃に起床。シャワーを浴びる。洗濯物を干す。新たに洗濯機を回す。午前七時半頃に出勤する。Zoltan Kocsis のピアノ演奏によるラフマニノフの曲を聴きながら通勤する。

二〇〇四年（平成一六年）　五月二〇日（水）　曇り

午前六時一五分頃に起床。午前七時一二分の通勤急行池袋行きに乗車する。Zoltan Kocsis のピアノ演奏によるラフマニノフとドビッシーの曲を聴きながら通勤する。職場に午前八時一五分頃に着く。半日の仕事を終えて職場を退出する。LUMINE の中にあるスターバックスコーヒー店でカフェラテを飲みながら、読書を三〇分ほどする。途中で眠くなり読書を続けることが出来なかった。ポンパドールでスライスしたフランスパンを買い求めてから帰宅する。午後六時半に近くにある写真屋四五へ行き、アメリカ旅行で映した写真の現像を依頼する。その後久しぶりに川越市立東口図書館へ行き、村上春樹著『辺境・近境』とビデオ『二〇世紀の冒険：空の旅今昔・月への競争』とCD『Bartók』（ピアノ演奏はアンドラーシュ・シフ）とCD『The Magic of Horowitz』（二枚組）を借り出す。

二〇〇四年（平成一六年）　五月二一日（金）　雨のち曇りのち晴れ

Zoltan Kocsis のピアノ演奏によるラフマニノフ作曲ピアノ協奏曲第四番を聴きながら通勤する。金曜日の勤めを終えるとほっとする。写真の現像とCDRへの保存を昨日頼んでいたので、着替えを済ませてから写真屋四五に取りに行く。

二〇〇四年（平成一六年）　五月二二日（土）　曇り

土曜日なので座って出勤することが出来た。英語のヒアリングを学習するために、携帯ラジオでアメリカ軍のラジオ放送を聴きながら通勤した。半日の仕事を終えて池袋経由で渋谷に出る。ハチ公前のスクランブル交差点を渡り、東急百貨店の脇を通って渋谷区立松涛美術館へ行く。京都のSさんから『河井寛次郎展』の招待券を頂いていたので鑑賞するためだった。明日が最終日だった。展示された作品には「鳥の陶彫像」、「竹製椅子」、「桃注」、「流描壺」、「母子の木彫像」などがあった。帰りにBUNKAMURAに立ち寄りギャラリーで「草間彌生展」を鑑賞した。作品はリトグラフ及びシルクスクリーンで、カボチャ、タツノオトシゴなどを描いたものだった。作品にはそれぞれ値段が付いていた。その後六階にあるル・シネマでフランス映画『列車に乗った男』(パトリス・ルコント監督作品/カラー/九〇分/二〇〇二年制作/出演者:ジャン・ロシュフォール、ジョニー・アリデイー他)を鑑賞した。その後、ブックファーストで新刊本を見て歩いた。午後一〇時半頃に帰宅する。帰宅後、各局のニュース番組で日朝首脳会談の詳報を知る。引き裂かれた家族の再会映像は胸を熱くする。

二〇〇四年(平成一六年)　五月二三日(日)　曇り

午前中は洗濯をしながら、テレビで小泉首相の北朝鮮の番組を見る。Zoltan Kocsis のピアノ演奏を消去して、アンドラーシュ・シフのピアノ演奏によるバルトークの曲をMP

3プレーヤーにインストールした。山口県在住のKさんから一万円で購入したCG作品が宅配便で届いた。早速に玄関に飾った。

二〇〇四年（平成一六年）　五月二四日（月）　晴れ時々曇り

アンドラーシュ・シフのピアノ演奏によるバルトーク作曲のピアノ曲「舞踏組曲」・「ルーマニア民族舞曲」・「民謡による三つのロンド」・「一五のハンガリア農民の歌」を聴きながら通勤する。仕事を終えて帰宅後に「写真家四五」へデジタルカメラで写したものを現像してもらった写真とそれをCDに保存してもらったものを受け取りに行った。午後八時からNHKの番組『地球・ふしぎ大自然　干上がる川で生き残れ』を観る。番組はNHKの映像とナショナルジオグラフィックの古い映像を使っていて、画面の色彩にばらつきがあった。今日の主役はビクトリア瀑布で有名なザンベジ川の川べりに住み着いたライオンたちだった。ライオンのほとんどは草原に住んでいるが、川べりの木々の生い茂る林に生息しているのは珍しいそうだ。疲れを覚え午後一〇時半に寝てしまった。

二〇〇四年（平成一六年）　五月二五日（火）　晴れ

午前五時四五分頃に起床する。洗濯物を干し、新たにタオルケットを洗濯する。来日中のアメリカの詩人ジェローム・ローゼンバーグ氏のスケジュールを見ながら、氏とコンタクト出来ないか考える。今日、氏は浦安市にある明海大学で講演と詩の朗読をする予定である。今朝もバルトークの曲を聴きながら通勤する。昼休みに明海大学に電話してジェローム氏に滞在先の電話番号を訊いてもらった。ジェローム氏から教えてもらった滞在先の電話が不正確で、氏との連絡は結局諦めるしかなかった。仕事を終えて池袋北口にある新文芸座へ行き『アララトの聖母』を鑑賞する。受付で会員の継続手続きをする。費用は千円だった。ジェラール・ベシェール著・小河陽監修・田辺希久子訳『イエスの生涯』(創元社刊・「知の再発見双書」)を読了。

映画『アララトの聖母』はカナダ映画で、監督、脚本、制作はアトム・エゴヤン(Atom Egoyan)。この映画は二〇〇二年カナダ・アカデミー主要五部門である作品賞、主演女優賞、助演男優賞、衣装デザイン賞、作曲賞を受賞している。この映画のテーマは人における「記憶と忘却」である。舞台背景には近代アルメニアの歴史があるが、アルメニアだけの問題として片付けられないものがある。百五十万人ものアルメニア人がオスマントルコ政府軍に虐殺された。映画はアルメニア出身の画家アーシル・ゴーキーの生と死を絡め、かつ虐殺シーンの劇中劇を取り込みながら、三世代のアルメニア系カナダ人の記憶と忘却の葛藤を描いていた。

二〇〇四年（平成一六年）　　五月二六日（水）　晴れ

午前六時四〇分に起床する。夜中に洗濯したものをベランダに干す。午前七時一五分に出勤する。アンドラーシュ・シフ演奏のベラ・バルトークのピアノ曲「舞踏組曲」などを聴きながら通勤する。勤務中に詩人のJerom Rothenbergさんから電話がかかる。明日にアメリカへ帰国されるそうで、来年も日本へ来るとのことだった。会うことは叶わなかった。仕事を終えて帰宅する途中に、定期券を購入する。写真屋四五で支払いをすませる。『キリスト教の誕生』（創元社刊）を読み始める。

二〇〇四年（平成一六年）　　五月二七日（木）　曇り

午前六時半に起床する。午前七時一〇分に出勤する。アンドラーシュ・シフのピアノ演奏によるバルトークのピアノ曲「民謡による三つのロンド」などを聴きながら通勤する。録音は一九八〇年六月二八日に八千代市民会館ホールで行われたものだった。帰宅後、ネットのラジオでギタージャズを楽しむ。八月七日に予定している「第一一回長崎原爆平和祈念詩の夕べ」の会場の件で長崎のTさんへ電話をする。会場は大浦海岸通りにある「ナガサキピースミュージアム」を予定している。

二〇〇四年（平成一六年）　　五月二八日（金）　晴れ

アンドラーシュ・シフ演奏によるバルトーク作曲のピアノ曲「一五のハンガリア農民の歌」を聴きながら通勤する。今日の午前中の仕事は大忙しで、トイレに行く暇もなかった。仕事を終えて東武東上線に乗って池袋に出る。午後六時四〇分にＳ君と西口で落ち合う。東京芸術劇場中ホールで京劇を鑑賞する。演目は『西遊記―孫悟空　三打白骨精』（二幕六場）であった。左右の端に電子字幕があって台詞の意味が分かるようになっていて助かった。京劇を観るのは初めてであった。今回の公演は中華人民共和国建国五五周年記念として行われた。本来は去年公演される予定であったが、SARSの影響で今年になった。劇団は湖北省京劇院で、孫悟空役程和平氏、猪八戒役は朱世慧氏、三蔵役は呉長福氏、沙悟浄役は朱建礎氏、白骨精役は張慧芳女史、老人役に羅会明氏であった。劇中で中国雑技団が行うようなアクロバットのパフォーマンスが見られた。観劇後、沖縄料理店で食事をした。

二〇〇四年（平成一六年）　　五月二九日（土）　晴れ

バルトークのピアノ曲「舞踏組曲」などを聴きながら通勤する。ピアノ演奏はアンドラーシュ・シフ。職場に午前八時半ごろに着く。一週間の仕事を終えてほっとする。

二〇〇四年（平成一六年）　　　　　五月三〇日（日）　晴れ

午前五時五〇分に起床する。六時半に朝食を摂る。四谷の上智大学へ出かける。イグナチオ教会が建て直されてから初めて見学する。中ではミサ聖祭が行われていた。満員であった。大学内は校舎を建築中であった。三号館の三二五号室で開かれた言語学者チョムスキーのビデオ鑑賞会に参加した。ビデオの題は『チョムスキーだけでの九・一一』だった。刺激的なビデオであった。チョムスキーの自然体で語られる正義と平和の話に感銘を受けた。彼は当たり前のことを言っているとも思った。アメリカ人はアメリカの立場で物事を判断している。そうではなくイラク人の立場に立って、公平に物事を判断していくことの大切さを訴えているように思った。なぜなら人の命は公平でなければならないからである。西部劇やベトナム戦争の映画のように、アメリカインディアンやベトナム人は虫けらのように殺されていく。チョムスキーは現代世界において目が離せない、注目すべき人である。

午後三時頃に、四谷から江東区の清澄白河にある東京都現代美術館へ行く。『Yes ヨ

ーコ　オノ展』を鑑賞する。脚立に上って備えられていた拡大鏡で天井を見る。極めて小さい字で「YES」と書いてあった。

二〇〇四年（平成一六年）　五月三一日（月）　晴れ

午前六時半に起床する。シャワーを浴び、島原産の新商品「うー麺」を食べる。洗濯機を回す。バルトークのピアノ曲「民謡による三つのロンド」などを聴きながら通勤する。ピアニストはアンドラーシュ・シフ。

二〇〇四年（平成一六年）　六月一日（火）　雨

昨日と打って変わって肌寒い。今朝もバルトークのピアノ曲を聴きながら通勤する。昼休みにピースミュージアムの事務局へ電話をする。「詩の夕べ」の会場としてピースミュージアムを使わせていただくようにお願いをする。仕事帰りにマイカル板橋でハリウッド映画の『TROY トロイ』を観る。監督はウォルフガング・ピーターゼン、脚本はデイビッド・ベニオフ、音楽はジェイムズ・ホーナー、撮影はロジャー・プラット、美術はナイジェル・フェルプス、衣装はボブ・リングウッド、主演はアキレス役のブラッド・ピッド、ヘクトル役のエリック・バナ、パリス役のオーランド・ブルーム、他にはダイアン・クルーガー、ブライアン・コックス、ショーン・ビーン、ジュリー・クリスティー、ピーター・オツールが出演していた。原作はトロイ戦争を描いた古代ギリシャの叙事詩『イリアス』である。トロイの木馬は特に有名な話である。映画は三時間にも及ぶものだったが中だるみがなく、筋の展開が面白く飽きることもなく、一気に三時間を駆け抜けた感があった。剣による戦いのシーンは日本の殺陣の影響があるように思った。料金は千円だった。

二〇〇四年（平成一六年）

六月二日（水）

少し肌寒く感じる朝であった。午前七時半頃に出勤する。アンドラーシュ・シフ演奏のバルトーク作曲「ルーマニア民族舞曲」などを聴きながら通勤する。午前八時二〇分頃に職場に着く。四〇分から仕事を開始する。仕事を終えて、職場の人三人で居酒屋にはいる。午後九時過ぎに帰宅する。昨日、長崎県佐世保市の大久保小学校（児童数一八七人）で殺人事件が発生した。犯人は六年生で一一歳の女子児童。被害者は同級生の御手水怜美さん一二歳であった。衝撃的なニュースだった。昨年長崎市で起きた児童による殺人と、引き続いての今回の事件である。

二〇〇四年（平成一六年）　六月三日（木）　曇り

午前五時半に起床する。シャワーを浴びて出勤する。今朝もバルトークのピアノ曲「十五のハンガリア農民の歌」などを、アンドラーシュ・シフの演奏で聴きながら通勤した。

二〇〇四年（平成一六年）　六月四日（金）　晴れ

アンドラーシュ・シフのピアノ演奏でバルトークの「舞踏組曲」を聴きながら通勤する。夕方に仕事を終えて池袋駅東口にある新文芸座へ行く。午後六時五〇分から小津安二郎監督の映画を二本観る。一本目は一九五五年制作の『月は上りぬ』（日活・一六ミリ）だった。脚本も小津安二郎で、主演は田中絹代・他の出演者には笠智衆、山根寿子などであった。二本目は一九五〇年制作の『宗方姉妹』（東宝・ニュープリント）だった。主な出演者は田中絹代、高峰秀子、上原謙であった。小津監督の作品を観ていると、作品のどこかで涙が不思議と出てくる。静けさとともに抑制された動きであるにもかかわらず。

二〇〇四年（平成一六年）　六月五日（土）　晴れ

午前七時四〇分に出勤する。アンドラーシュ・シフ演奏でバルトークの「ルーマニア民族舞曲」を聴きながら通勤する。喉が痛い。ドラッグストアで嗽のためにイソジンを購入する。午後二時半頃に帰宅する。洗濯物をベランダに干す。横になって体を休める。二時間半ほどして洗濯物を取り込む。午後九時からNHKスペシャル『景気回復は本物か？　デジタル家電』を観る。家電メーカーのシャープとカメラメーカーのキャノンを通して、製造業の現況と将来の展望を考察したものだった。シャープのコンベアー方式の製造ラインではなく、セル方式の製造に日本人の知恵を見た。キャノンの社長である御手洗氏のコメントで、中国に工場を作るのではなく日本国内に作り、付加価値の高い製品作りを目指し、製品の機密情報を外部に出さないようにすることが、これからの企業のやり方になると発言したことが印象に残った。新三種の神器は薄型テレビとＤＶＤレコーダーとデジタルカメラだそうだ。この三つが両社の稼ぎ頭なのだ。インターネット・ラジオのACCURADIOでGuitar Jazzを楽しむ。仕事から解放された土曜の夜に聴くのは細やかだが、最高の楽しみである。Ｔさんのおかげで長崎原爆平和祈念「第一一回詩の夕べ」の会場が長崎市大浦にあるピースミュージアムに決まった。「詩の夕べ」の日時は八月七日（土）午後六時半から八時半までに決定した。

二〇〇四年（平成一六年）　　　　六月六日（日）　曇り時々雨

午前九時頃に起床する。喉の痛みを覚える。テレビ番組「サンデー・プロジェクト」で、大学病院の医療ミスの特集を観る。大学病院の医局制度に問題があることが浮かび上がった。医師の人間性が医局制度の中で歪められていく構造である。番組の映像では埼玉医科大学付属病院で起きた、抗がん剤の過剰投与という医療ミスによる女子高校生の死が取り上げられた。裁判はまだ当事者両方による上告で係争中である。

二〇〇四年（平成一六年）　六月七日（月）　雨時々曇り

喉の痛みは大分治まってきた。鼻水が少し出る。午前中は胃が重たく、体に力が入らなかった。京都のSさんへお礼の葉書を出す。

二〇〇四年（平成一六年）　六月八日（火）　曇り

通勤時に読書する。仕事場の四階から窓を開けて空き地を見ていたら、二匹の紋白蝶が何度も交差しながら飛んでいた。佐世保の同人誌『旋律』に掲載する原稿の校正が送られてきた。一箇所訂正するところがあった。

二〇〇四年（平成一六年）　六月九日（水）　曇り

日本対インドのサッカーの試合を見る。久保選手のタコの足のように曲げて放ったボレーシュートが、印象に残った。

二〇〇四年（平成一六年）　六月一〇日（木）　曇り

午前七時四九分の電車に乗る。職場に午前八時三〇分頃に着く。同四五分から仕事を開始する。半日の仕事を終えて午後二時半頃に帰宅する。ブックファーストで『新約聖書がわかる』（朝日新聞社刊）を購入する。ブックカバーを付けてもらう。帰宅途中にアスファルトの道路を右に左に歩いている蟻数匹を見かける。今年初めて見る蟻だった。洗濯物を取り込み、朝に洗濯した衣類を干す。大村のTさんへお礼の葉書を書く。

二〇〇四年（平成一六年）　六月一一日（金）　曇りのち雨

ピエール＝マリー・ボード著　田辺希久子訳『キリスト教の誕生』（創元社刊）を読了する。

二〇〇四年（平成一六年）　六月一二日（土）　曇り

夕方にHANONのテキストを使ってピアノの練習をする。午後七時から日本テレビの番組『ザ・スペシャル　ＦＢＩ超能力捜査官（六）』を観る。この番組は放送される度に観ているが、アメリカのバージニア州に住む超能力者ジョー・マクモニーグル氏の能力には驚かされる。日本人依頼者の極端に少ない情報で、行方不明者の居所を言い当ててしまう。彼は確信をもって詳細な地図を描いていく。その作成した地図を下にテレビスタッフが調査を開始する。一人目の依頼者は北海道苫小牧市に住む佐藤○美さん。彼女は三歳の時に実母と生き別れた。マクモニーグル氏は名前など情報を書いた紙が入っている封筒をスタッフより受け取る。封を切らずにそれだけで行方不明者の所在を明らかにしていく。母親は旭川市に住んでいた。二番目の依頼者は山崎○恵さん。山崎さんは生まれて直ぐに両親が離婚したために、実父のことを全く知らない。生きていれば七三歳になる。またしてもマクモニーグル氏は居所の詳細な地図を作成して、所在を明らかにした。父親は熱海市に住んでいた。マクモニーグル氏の能力にはただ驚くばかりである。

二〇〇四年（平成一六年）　六月一三日（日）　晴れ

空は晴れて気持ちの良い朝である。池袋駅東口に出て新文芸座へ行く。昨日からクリント・イーストウッド特集をやっている。午前九時半から二〇〇三年制作の『Mystic River』を鑑賞する。主演はショーン・ペン、他の出演者にティム・ロビンス、ケビン・ベーコン、ローレンス・フィッシュバーン、マルシア・ゲイ・ハーデン、ローラ・リニーたちであった。この作品はアカデミー賞の主演男優賞と助演男優賞とゴールデン・グローブ賞の主演男優賞と助演男優賞を受賞している。原作はデニス・ルヘインである。午後〇時からクリント・イーストウッド監督、主演の『Space Cowboys』(二〇〇〇年制作)を鑑賞する。出演者はイーストウッドの他にトミー・リー・ジョーンズ、ドナルド・サザーランド、ジェームズ・ガーナー、マルシア・ゲイ・ハーデン等であった。この作品はキネマ旬報ベストテンの第一位に選ばれた。二本立てで料金は千円であった。午後三時半頃に帰宅する。午後九時から五〇分までＮＨＫスペシャル『二一世紀の潮流　アメリカとイスラム　カリブの囚われ人たち~グアンタナモ基地』を観る。キューバの割譲地にある米軍グアンタナモ基地に、アルカイダ、タリバンといったイスラム過激派のメンバーが収容されているのは知っていたが、実際どのような収容施設なのかは知らなかった。今回初めて収容所内部のことを知ることが出来た。五七五人ほどが収容されていた。個別に過激派グループの情報を聞き出している。有益な情報をもたらした者には衣食住のワンクラス上の待遇を与えていた。収容者の映像は金網の外から撮られたものだった。映像を見ながら胸糞悪い感情を持った。バグダッドの米軍が管理する収容所で起きた、イラク人捕虜に対する虐待事件はこの延長線上にあると思った。米軍の横暴なやり方を監視していく必要性を感じた。番組で収容所を「情報を搾り取る工場」とコメントしていたのが印象に強く残った。

二〇〇四年（平成一六年）　六月一四日（月）　快晴

今日は自分の誕生日である。これといった感懐はない。複数の人より誕生日プレゼントをいただいた。感謝である。

二〇〇四年（平成一六年）　六月一五日（火）　晴れ

仕事帰りに職場の同僚三人と和民で飲食する。長崎のT氏より『感性の絵巻～仲町貞子』（長崎新聞社刊）が送られてくる。朝日新聞夕刊文化欄に載った映画監督是枝裕和氏の記事を興味深く読む。カンヌ映画祭で最高賞パルムドールをもらったマイケル・ムーア監督のドキュメンタリー作品『華氏九・一一』に関するものだった。

二〇〇四年（平成一六年）　六月一六日（水）　晴れ

午前六時四〇分からシャワーを浴びる。午前七時半頃に出勤する。帰宅後は疲れて午後九時には寝てしまった。今週の仕事はハードだ。体力勝負である。

二〇〇四年（平成一六年）　六月一七日（木）　曇り

午前五時半頃に起床する。洗濯物を干す。午前中の仕事を終えて帰宅する。途中、職場近くの古本屋でインド（ベンガル）音楽のCD一枚を購入する。題名は『Songs of The Bauls~Purna Chandra Das』で、曲目は一、「舟人の嘆き」二、「渡し場のラーダーとクリシュナー」三、「鮭よ／雲を持っておいで」四、「チャイタニアの汽車が来る」五、「コルクが沈み、石が浮く」六、「愛は毒されない」七、「漁夫の網に魚はかからない」八、「魂の鳥は何処に?」。六曲目の歌詞に次のようなものがあった。「愛は毒に汚されはしない。もし真実の愛を知っていれば」である。村上春樹著『辺境・近境（写真篇）』（新潮社刊）を読了。ノモンハン事件に関する文と写真が印象に残った。日本帝国兵士が完全武装してハイラルからソ満国境まで二二〇キロも行軍していたとは驚きであった。ノモンハン事件では日本兵約五万人が犠牲となった。深夜遅くまで詩の創作をする。

二〇〇四年（平成一六年）　六月一八日（金）　晴れ

仕事が忙しく、疲れて帰宅する。疲れて何もすることが出来ず寝てしまう。

二〇〇四年（平成一六年）　六月二〇日（日）　曇り

風あり。台風の影響を感じさせる天候である。

二〇〇四年（平成一六年）　六月二一日（月）　嵐

台風六号の影響で強風と雨が叩きつけている。今日は夏至である。明日から日が短くなってゆくと思うと寂しくなる。

二〇〇四年（平成一六年）　六月二二日（火）　快晴

日中の気温は三〇度を超える。疲れて午後一〇時前に床に就く。何も出来ず。

二〇〇四年（平成一六年）　　六月二三日（水）　曇り

午前四時半頃に起床する。シャワーを浴びてから、「詩の夕べ」の準備作業をパソコンで行う。仕上げたものを電子メールで発信する。仕事帰りに紀伊国屋書店で『キリスト教の本（上）』（学習研究社刊）を購入する。ブックカバーを付けてもらう。午後九時一五分頃からＮＨＫの番組『その時歴史が動いた―黒船来航・大江戸発至急便』を観る。黒船来航の知らせは八戸藩の場合、江戸から八戸まで飛脚で、通常では八日かかっていたところを六日で届けたそうである。

二〇〇四年（平成一六年）　　六月二四日（木）

半日の仕事を終えて帰宅する。長崎原爆平和祈念「第一〇回詩の夕べ」に参加を呼び掛ける葉書を制作して送付した。諫早市のＹさんからひじきそばが送られてくる。

二〇〇四年（平成一六年）　　六月二五日（金）　曇り時々雨

仕事を終えて池袋東口にある新文芸座へ二本立ての映画を観に行く。一本目は午後六時二五分から始まったクリント・イーストウッド監督作品『Blood Work』（二〇〇二年制作）だった。主演はイーストウッド自身で上映時間は一時間五〇分。字幕翻訳は菊池浩氏、原作はジョン・ベレント、脚本はブライアン・ヘルゲランド、音楽はレニー・ニーハウス、撮影はトム・スターン、美術はヘンリー・バムステッド、出演はイーストウッドの他にジェフ・ダニエルズ、ワンダ・デ・ジーザス、ティナ・リフォード、ポール・ロドリゲス、ディラン・ウォルシュ、アンジェリカ・ヒューストン等であった。映画の中の犯人は意外な所にいたが、見ている途中でこの人が犯人ではないかと目星をつけた人が犯人であった。午後八時三五分から二本目を観る。クリント・イーストウッド監督・主演映画『TRUE CRIME』（一九九九年制作・上映時間二時間）を鑑賞する。原作はアンドリュー・クレイバン、脚本はラリー・グロスとポール・ブリックマン、出演はジェイムズ・ウッズ、アイザイア・ワシントン、リサ・ゲイ・ハミルトン他だった。イーストウッドの真面目な性格がインプットされているので、役柄の女性にだらしない記者役が最初ピンとこなかった。内容は死刑囚を救う話だった。

二〇〇四年（平成一六年）　六月二六日（土）　晴れ時々曇り

半日の仕事を終えて帰宅する。クーラーは健康のために設置していない。暑い時はお風呂に水を入れ、クールダウンするかシャワーを浴びている。寝苦しい時もあるが、いたって健康である。冬場も風邪をひかない。日本にクーラーが各家庭に普及し始めたのは高々三〇年ほど前からではなかっただろうか。それまで約二〇〇〇年間はクーラーなしで日本人は過ごしてきたのである。扇風機を風呂場と書斎に置いている。お世話になった方にお礼状を書く。長崎原爆平和祈念「第一〇回詩の夕べ」の準備で忙しい。

二〇〇六年（平成一六年）　六月二七日（日）　曇り

午前九時一五分頃に起床する。朝刊に目を通す。正午に朝食兼用の昼食を摂る。洗濯機を三回回す。何をしても集中力が高まらず、書き物が出来ない。午後五時頃からビデオ『二〇世紀の冒険⑤』（四〇分）を観る。リンドバーグが大西洋単独横断無着陸飛行を達成した後、イギリス政府はクロイドン空港を開港して飛行事業に力を入れ始める。国際競争力に弱かった国内の三つの航空会社を一つに統合し、その後にその会社を国有化した。イギリス人の探検飛行家アラン・コバルは政府の後押しもあって、イギリス本国と植民地や統治していた国を結ぶ航空路を次々と開拓していった。イギリスとインド間、イギリスとオーストラリア間、イギリスと南アフリカ間などである。一九二〇年代まで世界の陸地の六分の一を支配していた大英帝国にとって航空路の開設は、他の国より差し迫った課題であり利益を生み出すものだった。午後一〇時からNHKスペシャル『二一世紀の潮流―アメリカとイスラム　シーア派の選択「革命二五年目のイラン」』を観る。シーア派とイランに亡命しているイラク人の現状をいくらか知ることが出来た。それぞれの立場で生きるアラブ人たちはアメリカという敵を見出して結束し始めているように見えた。番組に登場したイラク人が撮影したテロの惨状には目を覆いたくなった。

二〇〇四年（平成一六年）　　六月二八日（月）　曇り

体調が悪く帰宅後は何も出来ずに体を休めた。

二〇〇四年（平成一六年）　　六月二九日（火）　曇り

職場で昼休みにコーラスの指導をする。七夕の日に二曲披露することになっている。佐世保市のMさんから同人詩誌「Milky Way」が初めて送られてきた。所沢市のOさんたち女性ばかりのグループが発行している詩誌であった。

二〇〇四年（平成一六年）　　六月三〇日（水）　曇りのち雨のち晴れ

朝から雨。昼休みにコーラスの練習をする。今日も何とか仕事をこなす。午後五時から会議が始まり、一〇分遅れて参加する。午後八時半頃に帰宅する。MP3プレーヤーにアンドラーシュ・シフのピアノ演奏によるハイドンのピアノソナタをインストールする。

二〇〇四年（平成一六年）

七月一日（木）　晴れ

アンドラーシュ・シフのピアノ演奏によるハイドンのピアノソナタを聴きながら通勤する。体調は八割がた回復している。午前中の仕事を終えて、職場近くの床屋で散髪する。洗髪と髭剃りなしで千円だった。松屋で初めてハヤシライスを注文する。塩辛くまずかった。昼食後、最寄り駅の出張所で参議院選挙の期日前投票をする。帰宅して洗濯物を取り込む。新たに洗濯をする。映画館に問い合わせをして上映作品を聞く。ハリーポッターの新作をやっていた。午後五時半頃に自転車に空気を入れて、映画館へ出かける。自転車に乗るのは数年ぶりだった。すでに映画は始まっていた。『ハリーポッターとアズカバンの囚人』で原作はJ・K・ローリング、脚本はスティーブ・クローブス、監督はアルフォンソ・キュアロン、音楽はジョン・ウイリアムズ、出演はダニエル・ラドクリフ、ルパート・グリント、エマ・ワトソン他だった。映画を観終わってから東口図書館へ行き、借りていたものを返却する。新たにＣＤとビデオと本を借り出す。

二〇〇四年（平成一六年）　七月二日（金）　晴れ

午前六時半に起床する。目の疲労感を感じる。洗濯物を取り込む。新聞紙の回収日なので新聞紙を束ねて出す。ハイドンのピアノソナタを聴きながら通勤する。昼休みにコーラスの練習をする。七夕の日にお披露目することになっている。職場で桃を三個いただく。金曜日の仕事を終えるとほっとする。週末になると体が疲れ座って帰宅したいので、各駅停車の電車に乗る。

二〇〇四年（平成一六年）　七月三日（土）　快晴

湿度が少なく気持ちの良い朝である。土曜日なので車内は空いていて、ゆっくり座って出勤する。今朝もハイドンのピアノソナタを聴きながら通勤する。帰宅してから午後四時頃に一時間ほどピアノの練習をする。夜にモーツアルトに関する番組を観る。番組内のビートたけしと大竹まことのコメントは不要だった。

二〇〇四年（平成一六年）　七月四日（日）　快晴

午前八時半に起床する。朝刊に目を通す。午後五時からピアノの練習をする。声楽のレッスンを受けるために、愛車で浦和に出かける。発表会の日を知らされる。発表会は七月一九日海の日の午後六時半から行われる。私は二曲歌うことになっている。参加している同人詩誌「旋律」が送られてくる。

二〇〇四年（平成一六年）　七月五日（月）　曇り

午前六時四五分に起床する。午前七時一五分頃に出勤する。ハイドンのピアノソナタを聴きながら通勤する。帰宅後、長崎のTさんより葉書を受け取る。発泡酒の生搾り(350ml)を二本飲む。ＮＨＫの番組『地球・ふしぎ大自然―古代魚がひそむ水辺』を観る。撮影場所はカリブ海にあるキューバで、主役は恐竜が生きていた二億年まえから生きている古代魚だった。地元の人はその古代魚をマンファリと呼んでいた。

二〇〇四年（平成一六年）　七月六日（火）　曇り

午前六時に起床する。洗面を済ませ、ベランダに洗濯物を干す。シャワーを浴びる。午前七時半頃に出勤する。ＭＰ３プレーヤーでハイドンのピアノソナタを聴きながら通勤する。仕事帰りにスターバックスコーヒー店に寄りアイスコーヒーを飲みながら読書する。一時間ほどして帰宅する。

二〇〇四年（平成一六年）　七月七日（水）　晴れ

通勤時にアンドラーシュ・シフのピアノ演奏によるハイドンのピアノソナタを聴きながら通勤する。職場のＩさんの娘さんがワーキングホリデーを利用してオーストラリアへ行くことになり、和民で食事をすることになった。午後八時頃にお店を出て帰宅する。

二〇〇四年（平成一六年）　七月八日（木）　晴れ

酷暑。ハイドンのピアノソナタを聴きながら通勤する。仕事帰りに立ち食いそば屋でコロッケそばを食べる。三〇〇円だった。それからスターバックスコーヒー店で一時間ほど読書をする。帰宅後、水風呂に入る。午後三時頃に中央図書館へ出かける。涼しいのが何より。午後五時半頃に写真集四冊を借りて外へ出る。デニーズで夕食を摂る。九つの野菜を添えたハンバーグを注文した。和食セットにして一四五〇円だった。

二〇〇四年（平成一六年）　七月九日（金）　曇り

午前六時に起床する。シャワーを浴び、髭を剃る。タオルケットとタオルを洗濯する。昨夜干していたシャツを取り込む。午前七時半頃に出勤する。朝から酷暑だ。ハイドンのピノソナタ三二番、三三番、五三番、五四番、五八番を聴きながら通勤する。帰宅後、水風呂に入る。ＴＢＳの特別番組「曽我ひとみさんの家族再会」を観る。

二〇〇四年（平成一六年）　七月一〇日（土）　晴れ

遅い出勤となってしまった。急いで支度をして駅へ向かう。両耳にイアフォンをしてハイドンのピアノソナタを聴きながら通勤する。職場に遅刻となる少し前に着く。午前中の仕事を終えて帰宅の途に就く。お腹が空き職場近くにある中華定食屋ジローで、レバニラ炒め定職を食べる。帰宅後は横になって体を休める。マンション販売のセールスの電話で目を覚ました。しつこい話し方で電話を切るのに一苦労する。夜にオールスターゲームをテレビ観戦する。松坂投手の一五六キロの速球は見応えがあった。

二〇〇四年（平成一六年）　七月一一日（日）　曇り

午前八時五〇分頃に起床する。ＮＨＫ教育の番組『新日曜美術館―生誕百年　海老原喜之助』を途中から観る。海老原喜之助はエコールドパリの異才画家と呼ばれている。傑作は日本の敗戦によって生まれた。番組では幻の戦争画と空白の五年を明らかにしようとするものであった。初公開となる戦後のデッサンを紹介していた。ゲストの長崎県五島出身で博多在住の菊畑茂久馬氏が解説をした。菊畑氏は画家で美術評論家。海老原喜之助は戦後の五年間を熊本県の人吉市で過ごし、日々デッサンを描き続けた。菊畑氏はデッサンの量と初心に戻ったような筆使いに圧倒されたと話していた。菊畑氏の生の声を聴くのは初めてだった。

二〇〇四年（平成一六年）　七月一二日（月）　曇り

今朝もハイドンのピアノソナタを聴きながら通勤する。仕事を終えてからドトールコーヒー店でアイスコーヒーを飲みながら、一時間ほど読書をする。

二〇〇四年（平成一六年）　七月一三日（火）　晴れ

午前七時三九分発の電車に飛び乗る。フランツ・ヨゼフ・ハイドンのピアノソナタを聴きながら通勤する。職場に着いてから朝食を摂る。午後五時半頃に職場を出る。ルミネの中にあるスターバックスコーヒー店でダブルスクイーズを飲みながら、集中して読書する。一時間二〇分ほどしてお店を出る。

二〇〇四年（平成一六年）　七月一五日（木）　晴れ

フランツ・ヨゼフ・ハイドンのピアノソナタを聴きながら通勤する。午前中の仕事を終えて帰宅の途に就く。スターバックスコーヒー店で二時間ほど読書する。『新約聖書』（朝日新聞社刊・ＡＥＲＡ　ＭＯＯＫ・一七五頁）を読了。

二〇〇四年（平成一六年）　七月一六日（金）

フランツ・ヨゼフ・ハイドンのピアノソナタを聴きながら通勤する。仕事を終えて帰宅すると郵便受けに大村のＴさんより送られてきた『女性たちの現代詩』が入っていた。

一〇〇人の女性詩人の一〇〇の詩が掲載された詩集だった。

二〇〇四年(平成一六年)　七月一七日(土)　晴れ

午前六時一五分頃に起床する。シャワーを浴びる。ネットで「二〇〇四年長崎雑アート展」参加の手続きをする。午前七時五三分発の電車に乗る。アンドラーシュ・シフのピアノ演奏によるハイドンの曲を聴きながら通勤する。午前中の仕事を終えて帰宅する。午後五時半頃まで体を休ませる。午後七時から浦和で声楽のレッスンを受ける。レッスンの半分は発声練習である。午後一〇時からNHK教育番組のETV特集『戦乱と干ばつの大地から―医師・中村哲　アフガニスタンの二〇年』を観る。中村哲医師はアフガニスタンでアフガニスタン人への援助活動を行っている。井戸掘り、灌漑、農業、用水路建設など物を与える援助ではなく、アフガニスタン人自らが自立できるような援助活動である。静かな感動を覚えながら映像に見入った。

二〇〇四年(平成一六年)　七月一八日(日)　晴れ

午前八時四五分頃に起床する。洗面を済ませ、洗濯物を取り込み、夜のうちに洗濯した衣類をベランダに干す。新たに洗濯機を回す。淹れた麦茶とコーヒーを冷蔵庫へ入れる。「詩の夕べ」の案内状を作る。葉書が足りなくなったので、セブンイレブンで葉書一〇〇枚を購入する。MP3プレーヤーでハイドンのピアノソナタを消去して、キューバ出身のギタリスト、マニュエル・バルエコの演奏をインストールする。曲目はアルベニスの「スペイン組曲」（完全全曲版）で、録音年月日は一九九〇年一月だった。バルエゴ氏は一九五二年生まれ。

二〇〇四年（平成一六年）　七月一九日（月）　曇り

祝日で海の日。午前八時四五分頃に起床する。「詩の夕べ」の案内状をパソコンで印刷した。歌の練習をする。午後四時一五分頃に愛車で「リトルコンサート」がある浦和へ行く。会場はさいたま市民会館うらわの八階コンサート室だった。早く会場に着いたので、歌の練習をする。午後六時四五分から発表会が始まる。自分の番が回ってくるまで緊張した。「My Way」と「愛の賛歌」の二曲を歌う。

二〇〇四年（平成一六年）　七月二〇日（火）　晴れ

朝から猛暑だった。昨日、歌の発表会で頂いたお花を職場の机に飾った。仕事を終えてからドトールコーヒー店で、一時間ほど読書する。郵便物を受け取りに川越西郵便局へ行く。ついでに暑中見舞いの葉書を五〇枚購入する。スーパーマーケットに立ち寄って水出し・煮だし兼用のティーバックの麦茶を買う。ロジャースでお風呂の水を洗濯機に吸い上げるポンプを買う。自宅に戻り早速お風呂の水を洗濯機へ吸い上げてみる。

二〇〇四年（平成一六年）　七月二一日（水）　快晴

朝から暑い。昨夜作った麦茶と珈琲を仕事場に持参する。コンビニで買うお茶もばかにならない。節約の実践である。仕事帰りに駅の売店で朝日と読売の夕刊紙を買い、ポンパドールでフランスパンを買い、松屋でヘルシーカレーを食べ、その後ドトールコーヒー店でMサイズのアイスコーヒーを飲みながら、読書を一時間ほどする。帰宅後、洗濯物を取り込んでからシャワーを浴びる。ＮＨＫの番組『その時、歴史が動いた』を観る。

二〇〇四年（平成一六年）　七月二二日（木）　晴れ

午前六時五〇分に起床する。昨夜に洗濯した衣類を干し、新たに洗濯機を回す。シャワーを浴びてから身支度をする。午前七時三四分に出勤する。池袋行きの急行電車に乗る。マヌエル・バルエコのギター演奏をＭＰ３プレーヤーで聴きながら通勤する。午前中の仕事を終えて、サティにある宝くじ売り場で購入した券を機械を使って当りがあるがどうかを調べてもらう。二枚が当たり券で一〇三〇〇円だった。サマージャンボ宝くじを三千円分購入する。スターバックスコーヒー店で四〇分ほど読書する。帰宅してから愛車のいすゞビッグホーンをいすゞの整備工場へ持っていき、後部バンパーの修理と整備点検を工場長の篠原さんにお願いする。八月の初旬に愛車で、長崎へ帰省するつもりである。

七月二三日（金）

二〇〇四年（平成一六年）

午前七時一三分に起床する。シャワーを浴びる。身支度をする。マヌエル・バルエコのギター演奏を聴きながら通勤する。午前七時五二分発の池袋行き急行電車に乗る。職場に午前八時三〇分頃に着く。タイムカードを押す。印字された時刻を確認する。職場の部屋を鍵で開けて入室する。ロッカーを開けて仕事着に着替える。仕事机に腕時計と電子辞書と電卓と手帳を置く。午前八時四五分から仕事を開始する。午後五時三五分にタイムカードを押して退社する。午後五時四六分発の電車に乗って、帰宅の途に就く。最寄りの駅にあるスターバックスコーヒー店でカフェラテを飲みながら、四〇分ほど集中して読書する。松屋でヘルシーカレーの夕食を摂る。午後七時二〇分頃に帰宅する。シャワーを浴びる。午後一〇時頃に床に就き、そのまま眠ってしまう。

二〇〇四年（平成一六年）　七月二四日（土）　曇り

午前六時一〇分に起床する。暑い。室温は午前六時半で三三度である。洗面を済ませ、流しの食器を洗う。シャワーを浴びる。お風呂の水を使って、衣類を洗濯する。麦茶をペットボトルに入れる。日記を書く。マヌエル・バルエコのギター演奏を聴きながら通勤する。午前八時四六分から仕事を開始する。午後〇時五〇分に退社する。床屋で散髪する。髭剃りもなく料金は千円。最後はホースで頭や襟首の毛を吸い取られる。約二〇分で終わる。一時間ほどスターバックスコーヒー店で読書をする。帰宅の途に就く。帰宅した時刻は午後四時を過ぎていた。シャワーを浴びる。

二〇〇四年（平成一六年）　七月二五日（日）

「詩の夕べ」の案内状の葉書を作成する。午後五時半頃に、いすゞ自動車の整備工場に愛車のビッグホーンを取りに行く。少しずつ歯が痛くなり、噛むことが出来なくなった。困った。

二〇〇四年（平成一六年）　七月二六日（月）　晴れ

午前六時五〇分に起床する。昨夜からの歯痛に苦しむ。そして風邪気味である。噛むことが出来ないので食事が出来ず、コンビニでゼリー状の飲食物を買って食べる。職場の調理の人に昼食をお粥にしてくれるように頼む。何とか仕事を終えて帰宅する。横になって休む。

二〇〇四年（平成一六年）　七月三〇日（金）　晴れ

午前七時一〇分頃に起床する。洗面を済ませて、洗濯物を干す。シャワーを浴び、急いで身支度して出勤する。遅い出勤となり午前七時五八分発の池袋行き急行電車に乗る。マヌエル・バルエコのギター演奏による曲を聴きながら通勤する。仕事を終えて大戸屋で夕食を摂る。その後にドトールコーヒー店で、コーヒーを飲みながら読書する。一時間ほどして帰宅する。午後八時を過ぎていた。シャワーを浴びる。洗濯物を取り込む。オリンピック日本サッカー代表の壮行試合をテレビ観戦する。

二〇〇四年（平成一六年）　七月三一日（土）　晴れ

マヌエル・バルエコのギター演奏を聴きながら通勤する。午前中の仕事を終えて帰宅の途につく。途中、ドトールコーヒー店で読書する。帰宅後に「詩の夕べ」の案内状作りをする。

二〇〇四年（平成一六年）　八月一日（日）　晴れ

午前九時頃に起床する。「詩の夕べ」の案内状を仕上げる。午後五時からピアノの練習をする。電話してピアノのレッスン時間を遅らせてもらう。声楽とピアノのレッスンを受けに車で浦和へ向かう。八月三日に愛車で長崎まで行くのに準備などで慌ただしい。生活は混沌としてきた。

二〇〇四年（平成一六年）　八月二日（月）　晴れ

長崎行きの準備で大忙し。

二〇〇四年（平成一六年）　八月三日（火）　晴れ

多忙を極める。ようやく準備が整い、午後一〇時一五分頃に愛車で川越から長崎へ向けて出発する。地元のN新聞社より「詩の夕べ」について電話取材を受ける。中央自動車道を使う。

二〇〇四年（平成一六年）　八月四日（水）　晴れ

長崎に向かって高速道路を使って車で移動中。午前四時四四分に中央自動車道下り線恵那峡SAで軽油二九・八九リットルを給油する。二六九〇円だった。午前一一時四分に神戸淡路鳴門自動車鳴門本線料金所で通行料五四五〇円を現金で支払う。午前一一時三四分に高松自動車道下り津田の松原SAGSで軽油三五・五五リットルを給油する。三二〇〇円だった。午後三時二四分に松山自動車大洲料金所で通行料金一万六千三百円を現金で支払う。午後五時二五分、宇和島運輸のフェリーあかつき二号に愛車と共に乗船する。フェリーは八幡浜港を出港し別府港へ向かった。航行中は二等船室で過ごす。出港した時はまだ明るく佐多岬がはっきり見えていた。午後八時五分頃に別府港に到着した。外は暗くなり少し不安げに愛車を運転する。やっとの思いで大分自動車道の入り口に辿り着くが、霧のために通行止めになっていた。仕方なく一般道を使って湯布院まで行く。湯布院町川上宇奈良田の湯布院ＳＳで軽油二四リットルを給油する。二二五六円だった。湯布院から大分自動車道に乗る。一路、長崎市へ向かう。

二〇〇四年（平成一六年）八月五日（木）晴れ

長崎に滞在。

二〇〇四年（平成一六年）八月六日（金）晴れ

長崎に滞在。

二〇〇四年（平成一六年）八月七日（土）晴れ

長崎に滞在。午後〇時五七分に長崎市松ヶ枝埠頭駐車場に愛車を止める。「詩の夕べ」

の会場となるピースミュージアムの責任者に挨拶し、感謝の気持ちを伝える。午後一時五分に駐車場を出る。午後一時四五分に長崎駅前にある駐車場に入る。撮影されるために西坂の日本二十六聖人殉教地へ行く。写真家の吉田敬三さんと落ち合う。吉田さんは被爆二世の人々を訪ね歩いて写真を撮っている。撮影が終わり、午後二時二七分に駐車場を出る。その後職場のお土産を買うために、駅ビルの中にある福砂屋でカステラを買い求める。それから万屋町にある画廊ぐみの舎へ行き店主にご挨拶する。午後三時一二分に銀行のATMでお金を引き出す。午後三時五四分、帰りに備えて愛車を松が枝町のガソリンスタンドでシャンプー洗車する。九四五円だった。夕方からピースミュージアムで「詩の夕べ」が開催される。

二〇〇四年（平成一六年）　八月八日（日）

午前〇時三〇分頃に長崎の実家を愛車で出発する。一路川越へ向かう。長崎自動車道を使う。午前七時三一分に美東SAで二六・七リットルを給油する。二四〇三円だった。午前一〇時二二分に七塚原SAで軽油二一・九リットルを給油する。一九七一円だった。午後五時五一分に名神養老SA／SSで三五・五五リットルを給油する。三二〇〇円だった。

二〇〇四年（平成一六年）　八月九日（月）　晴れ

午前〇時五五分に中央自動車上り線八王子料金所で長崎市からの通行料金二四、四五〇円を支払う。料金所の徴収員が、ほうー長崎からですか、と驚いた声を上げる。愛車の往復の走行距離は三、〇〇四キロになっていた。一眠りしてから、出勤する。睡眠時間は三時間ほどだったが、何とか一日の仕事を終えることが出来た。長崎のYさんより『山田かん追想―かんの砦』（草土詩舎刊・一五〇頁）が送られてきた。その中に私の詩「地上の言葉―故山田かんさんへ」が掲載されていた。

二〇〇四年（平成一六年）　八月一〇日（火）　晴れ

疲れが出たのか、泥のように眠る。

二〇〇四年（平成一六年）　八月一一日（水）　晴れ

仕事を終えて下赤塚駅前にある不二家で、アイスコーヒーを飲みながら一時間ほど読書する。Oさんからメールが来る。八月にニューヨークとサンフランシスコへ行くとのことだった。

二〇〇四年（平成一六年）　八月一二日（木）　晴れ

マヌエル・バルエコのギター演奏を聴きながら通勤する。午前八時二五分頃に職場に着く。帰宅すると母から新聞の切り抜きと手紙が届いていた。切り抜きは「詩の夕べ」に関するものだった。夜にニューヨークのマークさんへ電子メールを送る。中国人Oさんの宿泊を依頼する内容だった。Oさんは一八日から二五日までニューヨークに滞在する予定である。

二〇〇四年（平成一六年）　八月一三日（金）　晴れ

午前六時五〇分に起床する。パソコンに電源を入れて、メールを確認する。ニューヨークのマークさんからメールが届く。出勤するも東武東上線で人身事故が起きていた。通勤電車がいつ動くかわからなかったので、職場に電話を入れる。救急車が来ていて、救急隊員が担架を水道で洗っていた。あとで知ったことだが、事故の当事者は八〇歳のご老人で即死だったそうだ。職場には遅刻はしなかった。退社後、大戸屋で夕食を摂る。六七二円だった。駅の売店で夕刊二紙を購入する。午後七時一五分頃にスターバックスコーヒー店で、コーヒーフラペチーノを飲みながら夕刊二紙に目を通し、読書する。午後八時頃に帰宅する。

二〇〇四年（平成一六年）　八月一四日（土）　晴れ

寝坊して午前七時四〇分に起床する。慌てて出勤する。通勤電車の中でマヌエル・バルエコのギター演奏を聴く。タイムカードは午前八時三八分を印字した。何とか遅刻にはならなかった。半日の仕事を終える。退社して職場近くの中華定食屋ジローで昼食を摂る。ドトールコーヒー店で読書する。午後二時半頃に帰宅する。タオルケットを洗濯機の中から出してベランダに干す。浴槽を洗う。Oさんへ電話する。ニューヨークのマークさんから電子メールが届き、マンハッタンにあるマークさんのアパートにOさんは泊まれそうである。

二〇〇四年（平成一六年）　八月一五日（日）　曇り後雨

午前七時半頃に起床する。洗面を済ませてからピアノの練習をする。午前九時四〇分頃にピアノと声楽のレッスンを受けに愛車で浦和へ出かける。レッスンは正午頃に終わる。帰りにケーズデンキに立ち寄り、電気ポットと卓上蛍光灯を購入する。電気店の駐車場で一〇円を拾う。午後三時半頃に帰宅する。横になって休んでいたら、いつの間にか眠ってしまった。他に何もすることが出来なかった。新聞の集金人がきたが、電気製品を買ったために、財布の中は空っぽにちかかった。支払うことが出来なかった。集金人はムッとした表情で帰って行った。

二〇〇四年（平成一六年）

八月一六日（月）

午前二時一〇分、北島康介選手が出場しているオリンピック男子競泳平泳ぎ一〇〇メートル決勝のテレビ中継を見る。午前七時四八分発の池袋行き急行電車に乗る。昨日買い求めた東芝製電気ポットを職場に持参する。ベルトに装着したＭＰ３プレーヤーでマヌエル・バルエコのギター演奏を聴きながら通勤する。仕事場から新聞販売店へ携帯電話をかけて、今夜集金に来てくれるようにお願いをする。仕事を終えてから最寄りの駅の中にある大戸屋で、本にがり豆腐鶏肉とろとろ煮定食を食べる。駅の売店で読売と朝日の夕刊紙を買う。帰宅後、横になって体を休める。午後七時半頃に新聞の集金人が来て、七月分の新聞代を払う。

二〇〇四年（平成一六年）　八月一七日（火）

午前一時にオリンピックの野球で日本対オランダの試合をテレビ観戦する。近鉄の岩隈久志選手の調子がいまいちで、見ていてハラハラドキドキする。午前七時四八分発の急行電車に乗る。ＭＰ３プレーヤーでマヌエル・バルエコのギター演奏を聴きながら通勤する。職場のエレベーターが故障し職員二人が四〇分間閉じ込められる事故があった。午後五時三五分に退社する。駅の売店で夕刊二紙を買い求める。ドトールコーヒー店でアイスコーヒーとサンドイッチを食べ、読書を四五分ほどして帰宅する。オリンピック卓球の福原愛選手の試合をテレビ観戦する。これも手に汗握る試合だった。

二〇〇四年（平成一六年）　八月一八日（水）　晴れ

日本対キューバの野球のオリンピック中継を観る。午前三時頃に就寝する。午前七時頃に起床する。午前七時三八分発の電車に乗る。マヌエル・バルエコのギター演奏を聴きながら通勤する。午後六時に退社する。中華定食屋ジローで餃子定食を食べる。車窓から見える夕焼けが美しい。駅の売店で夕刊二紙を買い求める。帰宅後横になって体を休める。

洗濯物をほしてから、新たに洗濯機を回す。テレビでオリンピックの女子バレー、日本対ギリシャの試合を見る。引き続き卓球の福原愛選手の試合を見る。

二〇〇四年（平成一六年）　八月一九日（木）　晴れ

フランスの作曲家フランシス・プーランク（一八九九―一九六三）のピアノ曲をMP3プレーヤーで聴きながら通勤する。曲目は「三つの小品」、「ハ長調の組曲」、「メランコリー」、「ユモレスク」、「三つの間奏曲」、「五つの即興曲」、「三つのアルバムページ」、「村娘たち」、「フランセーズ」、「オーヴェルニュ館でのプーレ」、「変ロ長調のプレスト」、「短い小品」、「即興ワルツ」、「ワルツ　ハ長調」、「パストラル」、「四手のためのピアノソナタ」、「シテール島への船出」、「エレジー」、「カプリッチオ」である。ピアノ演奏はガブリエル・タッキーノとジャック・フェブリエだった。

二〇〇四年（平成一六年）　八月二〇日（金）　晴れ

フランシス・プーランクのピアノ曲を聴きながら通勤する。

二〇〇四年（平成一六年）　八月二二日（日）　晴れ

練馬区立図書館で調べ物をする。

二〇〇四年（平成一六年）　八月二三日（月）

午前三時までアテネオリンピックの女子マラソンの中継を見る。午前七時一〇分頃に起床する。フランシス・プーランク（一八九九―一九六三）のピアノ曲を聴きながら通勤する。午後六時頃に退社する。駅の売店で夕刊を買い求める。午後六時五七分に帰宅する。T氏より同人詩誌「あるるかん」を何部送ればいいかという問い合わせの電話がかかった。三〇部を送ってもらうことにした。

二〇〇四年（平成一六年）　八月二四日（火）　曇り後晴れ

午前六時五〇分に起床する。洗濯物をベランダに干す。新たに洗濯機を回す。午前七時四五分発の電車に乗る。プーランクのピアノ曲を聴きながら通勤する。

二〇〇四年（平成一六年）　八月二五日（水）

午前六時一五分頃に起床する。洗面を済ませ、洗濯機を回す。午前七時三〇分頃に出勤する。フランスの作曲家フランシス・プーランク（一八九九─一九六三）のピアノの曲を聴きながら通勤する。一日の仕事を終えて帰宅の途に就く。駅の売店で朝日新聞の夕刊紙を買う。ドトールコーヒー店でカフェラテを飲みながら読む。文化欄で加藤周一氏の「夕陽妄語」を読む。内容は『ペトラルカ詩集』（ペンギン古典叢書／Petrarca Canzoniere,2002／アンソニー・モーティマー英訳で抄訳）と『井伏鱒二全詩集』（岩波文庫）を取り上げていた。加藤氏はペトラルカ詩集を英訳したスイスのフリブール大学の英文学教授アントニー・モーティマー（Anthony Mortimer）氏の解説文を紹介していた。それによるとモーティマー氏は「ペトラルカが〝真夏に震え、冬に燃える e tremo a mezza state , ardendo il vernot〟という詩句のみならず、甘美さと苦痛、喜びと苦悶、生と死など正反対の概念または事象を結びつける修辞法〈撞着語法〉を多用した」と解説しているらしい。加藤氏はこれに関連して、次のようなペトラルカの名文句を思い出す。「別れとはこんなに甘美な悲しみ」。

二〇〇四年（平成一六年）　八月二六日（木）　曇り

午前七時三六分発の通勤電車に乗る。志木駅で始発の池袋行き電車に乗り換える。電車の中でフランシス・プーランク作曲のピアノ曲を聴きながら通勤する。半ドンで仕事を終え、防火管理者証再発行申請のために光が丘消防署北町出張所へ行く。機械の不調ですぐに発行出来ないので、日を改めて来てくれるように言われる。それからドキュメンタリー映画『華氏九一一』を鑑賞するために歩いてマイカル板橋へ行く。上映まで時間があったので一階にある食品売り場でお昼のお弁当を買って食べる。上映は午後一時三〇分からだった。『華氏九一一』（二時間二分）はマイケル・ムーア監督作品である。この作品は今年のカンヌ国際映画祭でパルムドール賞を受賞している。その時の審査員は同じアメリカ人のタランティーノ監督であった。八月一三日付読売新聞夕刊の「オールザットシネマ」合評欄では福永聖二氏と原田康久氏がこの映画を批判し、恩田泰子氏はムーア監督の心情は理解するが、主観に基づいた編集で矛盾を孕んでいると述べている。福永氏曰く、今回の適役はブッシュ大統領でどんなに過激かと期待して見たらそれほどでもなく、拍子抜けしたと。さらにブッシュ大統領をこけにする部分は、まるで下手な毒舌お笑い芸人を見るようだったと。独特のユーモア感覚ではあるが、悪ふざけが過ぎて下品であるとも酷評していた。原田氏も次のように述べている。「権力者たちのニュース映像を切り貼りし、ひたすらブッシュとその仲間はアホ、間抜けと連呼する。これはドキュメンタリー作品ではなくプロパガンダ作品であり、危険な手法と言わざるを得ない」と。確かに三氏の意見は見方によればそう言えるかもしれないが、アメリカ軍のイラク攻撃及び占領政策の現状を見れば、この映画の持つ意味は決して酷評されるものではないと、映画を観て思った。映画の中に映ったホワイトハウスが見える位置に陣取ったスペイン人の女性反核運動家のテントは、私が今年の五月に行った時に実際に見たものであった。その時はスペイン人の女性はいなくて、ご主人と思われる髭を生やしたスペイン人男性がテントで座り込みをしていた。今年の五月にアメリカの首都ワシントンＤＣへ行ったことが、現実感をもってこの映画を観ることが出来たと思う。映画を見終わってから再度消防署へ出向き、防火管理者証を受け取る。電車に乗って帰宅の途に就く。駅の売店で朝日新聞の夕刊紙を買い、ドトールコーヒー店でジャーマンドッグとアイスコーヒーを飲食しながら夕刊を読む。帰宅してシャワーを浴びる。洗濯する。午後六時一五分頃、外から大きな衝突音が聞こえた。外を見ると交差点でバイクと軽乗用車が衝突してバイクが転倒していた。なかなか警察が来ず、事故現場は暗くなり雨が降り出していた。野次馬の姿もあった。事故の当事者たちにとっては警察が到着するまで長く感じただろう。警察が来た後に救急車が来た。

二〇〇四年（平成一六年）　八月二七日（金）　曇り

午前四時四五分頃に目が覚める。用足しと洗面を済ませ、洗濯物をベランダに干す。フランスの作曲家フランシス・プーランク（一八九九―一九六三）のピアノ曲を聴きながら通勤する。仕事を終えて下赤塚駅前にある喫茶店でカフェラテ（二二〇円）を飲みながら読書する。『キリスト教の本（上）』（学習研究社刊）を読了する。

二〇〇四年（平成一六年）　八月二八日（土）　曇り時々雨

プーランクのピアノ曲を聴きながら通勤する。午後〇時三〇分に仕事を終えてホッとする。疲れを覚え五分ほど横になる。着替えをして退社する。書店でトーマス・レーメル著／遠藤ゆかり訳『モーセの生涯』（創元社刊）を買い求める。

二〇〇四年（平成一六年）　八月二九日（日）　曇り後雨

午前五時半頃に目覚める。テレビをつけてオリンピック男子陸上の四〇〇メートルリレーと一六〇〇メートルリレーの結果を確かめる。両方とも四位だった。メダルには届かなかったが、よく頑張ったと思う。毎日新聞朝刊に目を通す。午後になってから愛車で郵便局へ同人詩誌『あるるかん』一八号の小包みを取りに行く。局員に配達記録の用紙を渡し、本人確認のために免許証を提示する。帰宅して小包みを開け、詩誌「あるるかん」一八号を手に取る。私の作品は「充満一四」を掲載してもらった。午後になっても雨はやまない。

二〇〇四年（平成一六年）　八月三〇日（月）　曇り時々雨

午前零時、オリンピックの男子マラソンの生中継を観る。レースの最後の方でトップを走っていたブラジルの選手に、市民の一人が近寄って走りを妨害したのには腹が立った。MP3プレーヤーに入れていたプーランクのピアノ曲を消去し、新たにスイス生まれのエドウイン・フィッシャー（一八八六―一九六〇）のピアノ演奏によるバッハの曲（プレリュードとフーガ）をインストールした。午前三時頃に就寝する。午前六時半頃に起床する。シャワーを浴び、髭を剃り、いつもより一二分ほど早く出勤する。エドウイン・フィッシャーのピアノ演奏によるバッハの曲を聴きながら通勤する。仕事を終えて職場近くの床屋で散髪する。千円だった。大戸屋で夕食をとり、スターバックスコーヒー店でアイスコーヒーを飲みながら一時間ほど集中して読書する。帰宅して郵便ポストをみると、大阪のI氏より詩集が送られてきていた。お風呂に入り、洗濯機を回す。

二〇〇四年（平成一六年）　八月三一日（火）　曇り

午前〇時三〇分頃に就寝する。午前五時四五分頃に目覚める。エドウィン・フィッシャーのピアノ演奏によるバッハの曲を聴きながら通勤する。職場にいつもより早い午前八時一〇分頃に着く。午後〇時一五分に地下にある職員食堂で昼食を摂る。夕方に仕事を終えてからマクドナルドで読書する。Oさんよりメールが届き、無事にアメリカより戻られたという内容だった。土曜日に池袋で会う約束をする。

二〇〇四年（平成一六年）九月一日（水）晴れ

スイス生まれのエドウィン・フィッシャーのピアノ演奏によるバッハの曲を聴きながら通勤する。仕事を終えて午後六時五〇分から、マイカル板橋で『スパイダーマン２』（一五〇分）を鑑賞する。月初めだったので千円で見られた。

二〇〇四年（平成一六年）九月二日（木）晴れ

エドウィン・フィッシャーのピアノ演奏で、バッハの曲を聴きながら通勤する。午前中の仕事を終えて帰宅する。帰りの電車内で読書する。

二〇〇四年（平成一六年）　九月四日（土）　曇り時々晴れ

午前中の仕事を終えて池袋に出る。午後一時半にアメリカから戻ったOさんに会う。ニューヨークの滞在先にと紹介したマークさんのアパートに無事泊まれたそうである。当のマークさんはカナダへ旅行中だったので、彼の友人がお世話してくれたそうである。中華料理を食べながら二時間ほどお話をした。お土産にチョコレートとコーヒーを頂く。

二〇〇四年（平成一六年）　九月五日（日）　曇り時々雨

ピアノと声楽のレッスンを受ける。ピアノのテキストにはハノンを使っている。声楽は発声練習から始まる。「イ」と「エ」の発声は難しい。

二〇〇四年(平成一六年)　九月七日(火)

台風のことで長崎の実家に電話を入れる。強風と激しい雨で怖かったと話していた。

二〇〇四年（平成一六年）　九月八日（水）　曇り

東京北区在住のMさんより新刊の詩集『銀幕だより』が送られてくる。

二〇〇四年（平成一六年）　九月九日（木）　晴れ

午前中までの仕事を終えて帰宅する。FR.JEREMIAH SMITH著『THE KNIGHT OF THE IMMACULATE』を読む。

二〇〇四年（平成一六年）　九月一〇日（金）　曇り

職場で防災訓練をする。仕事を終えてからドトールコーヒー店で読書する。

二〇〇四年（平成一六年）　九月一一日（土）

午前七時一五分頃起床する。同三五分発の電車に乗る。エドウィン・フィッシャーのピアノ演奏によるバッハの曲を聴きながら通勤する。午後九時から一〇時までディスカバリー・チャンネルの番組『坂本龍一のアフリカ　エレファンティズム』を観る。坂本龍一が人間の攻撃性に焦点を合わせて、人類発祥の地ケニアを訪ね、人間の本質を明らかにしようとする。DVDブック（一八〇分）として発売された坂本龍一の『エレファンティズム』をディスカバリー・チャンネルが一時間番組用に編集したものだった。そのために印象が薄くなったように思った。象が家族を大切にする姿などを捉えていたが、思ったほどテーマに肉薄していない。テーマを「坂本龍一のアフリカの旅」としたほうが正確ではなかっただろうか。ケニアの国立ナイロビ博物館が紹介されていたが、私も訪ねたことがあり懐かしさを感じた。博物館内のレストランで食べたインド料理のサモサが美味しかった。そのレストランはインド系ケニア人が経営していた。

二〇〇四年（平成一六年）

九月一二日（日）晴れ

午前七時半頃に起床する。衣類を洗濯し、昨夜洗濯したタオルケットを干す。敷布団をベランダに干す。風は秋の気配を感じさせるが、日射しは八月に戻ったような強さだ。お風呂に入る。珈琲メーカーで珈琲を沸かす。流しの食器を洗う。毎日新聞の朝刊に目を通す。テレビ番組のサンデー・プロジェクトで、プロ野球チームの合併問題を議論していたので耳を傾ける。お昼のＮＨＫニュースを見る。午後五時半頃からピアノの練習を一時間ほどする。テキストはハノンを使う。午後九時からNHKスペシャル『アシュケナージ・自由へのコンサート〜独裁者と芸術家たち〜』を観る。アシュケナージとはウラディミール・アシュケナージのことで、今月中にNHK交響楽団の音楽監督に就任することが決まっている。そのようなタイミングもあって番組が作られたのであろう。彼は現在六七歳になるが旧ソビエトのゴーリキー市生まれでユダヤ系である。第二回チャイコフスキーコンクールのピアノ部門の優勝者である。一九六三年にイギリスに移民する。番組の中でアシュケナージは、スターリン批判の詩を書いたためにシベリアの強制収容所に送られ、そこで亡くなった詩人のオシップ・マンデリシュタームと当時の状況を日記に記した女流詩人のアンナ・アフマートワ、映画『イワン雷帝』を作ったエイジェンシュタインと音楽を担当したセルゲイ・プロコフィエフ、体制批判を詩にしたエフゲニー・エフトシェンコとその詩に曲をつけたショスタコーヴィチら芸術家たちの全体主義下での裏切り、密告、暗殺、粛清の嵐、強制収容所といった状況の中で芸術を通して自由を追い求めていく姿を明らかにしていく。見応えのある番組であった。詩人のエフトシェンコは元気に自作の詩「スターリンの後継者」を朗読した。不当なシベリア送りになったマンデリシュタームの問題の詩の題名は「クレムリンの山男」というものだった。強大な権力を有していた独裁者スターリンはたった一編の詩に恐れをなした。なぜか、その詩が真実だったからである。

二〇〇四年（平成一六年）　九月一三日（月）　晴れ

仕事が忙しくあっという間の一日だった。疲れて午後一一時に就寝する。

二〇〇四年（平成一六年）　九月一四日（火）　晴れ

夜にテレビ番組「何でも鑑定団」を観る。番組を見ながら美術品の真贋の見分け方が理解出来ればと思う。贋物を本物として高額の値段を予想している出演者の思い込みの強さに、人間の弱さを感じてしまう。

二〇〇四年（平成一六年）　九月一五日（水）　晴れ

気持ちの良いお天気である。職場の会議が午後五時より一時間ほどあった。退社後同僚と和民で飲む。中の生ビールを二杯飲む。午後八時半頃に帰宅する。

二〇〇四年（平成一六年）　九月一六日（木）　快晴

今日も朝から気分が爽快になるお天気である。午後の仕事を終えて、帰宅の途に就く。ドトールコーヒー店で読書を三〇分ほどする。帰宅して洗濯物を取り込み、シャワーを浴びる。午後四時半に毎日新聞の夕刊に目を通す。午後六時頃に洗濯物をベランダに干していたら、一匹のコウモリが飛んでいた。素早い身のこなしで鳥類とは違うコウモリ独特の飛び方を披露していた。本橋成一写真集『ナージャの村』（平凡社刊・写真九五枚）を読了する。本橋氏はこの写真集で第一七回土門拳賞を受賞している。少女ナージャはベラルーシ共和国のドゥジチ村に住んでいる。その村はチェルノブイリ原発事故による放射能汚染で強制移住させられた村で、立ち入り禁止になっている。しかし六家族一五人が立ち退きをせず、村に残った。原発事故が起きる前は村に三〇〇家族の人たちが住んでいた。写真は残った村人の生活と汚染された村の風景を見事に捉えている。テレビで木曜洋画劇場特別企画『ボウリング・フォー・コロンバイン』を観ていたが、途中で寝てしまい最後まで見ることが出来なかった。。観るのは二回目だったが考えさせられることが多いのに再認識させられた。

二〇〇四年（平成一六年）　九月一七日（金）　曇り

大戸屋で夕食を摂る。ドトールコーヒー店で読書する。眠くなってきたので帰宅する。

二〇〇四年（平成一六年）　　九月一八日（土）　曇り

トーマス・レーメル著／遠藤ゆかり訳『モーセの生涯』（創元社刊）を読了する。読んでいてそうだったのかと教えられることばかりであった。例えばミケランジェロの有名な「モーセ象」になぜ角があるのかが分かった。ヘブライ語で書かれた出エジプト記をラテン語に訳す時に「輝き」という言葉が「角」という言葉と似ていたために、「輝きを放っていた」が「モーセは角をもっていた」と訳されてしまったために、ミケランジェロのモーセ象に角が生えている。また著者はウィーン生まれのユダヤ人哲学者マルティン・ブーバーのモーセに関する著作にも触れていた。ブーバーは聖書のテキストを最も古い時代の部分と後に付け加えられた部分を分けて、モーセという人物像に迫ろうとした。その結果、彼はモーセに関する聖書の記述は伝説の部類に属するが、モーセには具体的なモデルがいたという結論に達したという。私がブーバーの著作を初めて読んだのは一九歳の時だった。

二〇〇四年（平成一六年）　　九月一九日（日）　曇り

蒸し暑く感じられる。午前八時半頃に起床する。洗面を済ませ、部屋を片付けながらT

ＢＳテレビを見る。プロ野球選手会のストライキが大きな話題になっている。プロ野球解説者の張本氏と大沢氏は経営者側よりの発言ばかりで聞くに堪えない。他の番組では野村監督とスポーツ評論家の二宮氏の発言が印象に残った。洗濯物を取り込み、二回目の洗濯をする。浴槽を洗う。午後からピアノの練習をする。愛車でレッスンを受けに浦和まで出かける。国道一六号と一七号を使う。声楽は今日から「CARO MIO BEN」という曲を練習し始めた。

二〇〇四年（平成一六年）　九月二〇日（月）　曇り

今日は祝日。敬老の日である。午前六時三五分頃に起床する。直ぐにシャワーを浴びる。毎日新聞に目を通す。テレビは今日もプロ野球のことでもちきりのようだ。横になって体を休める。何もしなかった一日だった。

二〇〇四年（平成一六年）　九月二一日（火）　晴れ

午前六時一五分に起床する。シャワーを浴びる。衣類を洗濯する。

二〇〇四年（平成一六年）　　九月二二日（水）　晴れ

仕事を終えて池袋に出る。回転寿司の大江戸で軽く食べる。午後六時二五分から新文芸座で上映されているアメリカ映画『二一グラム』（上映時間・二時間五分）を鑑賞する。『二一グラム』は二〇〇三年に制作され、監督はメキシコ人のアレハンドロ・ゴンザレス・イニャリトゥ氏、脚本はギジェルモ・アリアガ氏。出演はショーン・ペン、ナオミ・ワッツ、ベニチオ・デル・トロ、シャルロット・ゲンズブール、メリッサ・レオ、ダニー・ヒューストン他だった。ベネチア国際映画祭でショーン・ペンが主演男優賞を、ベニチオ・デル・トロとナオミ・ワッツがそれぞれ最優秀賞観客賞を受賞している。題名となった『二一グラム』は人が死んだときに生きている時より、二一グラム軽くなるというところからきている。言い換えれば魂の重さが二一グラムということである。真偽のほどは自分にはわからない。映画の中で「これからも人生は続くのよ」という台詞が印象に残った。俳優としての演技力はショーン・ペン、ナオミ・ワッツ、ベニチオ・デル・トロともに素晴らしかったし、他の俳優も良かった。ベニチオ・デル・トロの存在感には圧倒された。午後八時二〇分から二本目の『Lost In Translation』（二〇〇三年制作・上映時間一〇二分）を鑑賞した。制作、監督、脚本はソフィア・コッポラ。出演者はＣＭ撮影のために日本へやってきたハリウッドスター役にビル・マーレイ、カメラマンの夫の仕事で東京に一緒に来た若妻役にスカーレット・ヨハンソンが務めた。ロケ地が東京なので興味を持って観た。ホテル・パークハイヤット東京で二人は出会うが二人に共通していることは、結婚しているにもかかわらず、自分の人生にしっくりいっていないことである。しかし二人ともそれを変えるだけの決断をするわけでもなく、ハリウッドスターがアメリカに帰国するところで映画は終わる。特別に感動するところは一箇所もなかったが、若妻の質問にハリウッドスターが答えたいくつかの台詞が、私自身のことを考える手掛かりになったことは記しておきたい。映画を観終わった時間は午後一〇時三〇分だった。

二〇〇四年（平成一六年）　九月二三日（金）　曇り

秋分の日。午前八時頃に起床する。朝刊に目を通す。ブックファーストでミレーユ・アダス・ルベル著、藤岡樹実訳『旧約聖書の世界』（創元社刊）を購入する。明日から通勤時に読書する予定である。

二〇〇四年（平成一六年）　九月二四日（金）　曇り

午前六時四五分頃に起床する。シャワーを浴びる。午前七時二〇分頃に出勤する。八時一五分頃に職場に到着する。午後六時頃に退社する。大戸屋で夕食を摂る。ドトールコーヒー店で読書する。午後八時一五分頃に帰宅する。雨が降り出し濡れる。

二〇〇四年（平成一六年）九月二七日（月）雨

月曜日の雨は出鼻をくじかれる感じがする。職場に着くとホッとする。今日も手抜きなしで、全力で仕事に取り組みたい。

二〇〇四年（平成一六年）九月二八日（火）曇り

午前六時四五分に起床する。仕事場に午前八時一五分頃に着く。午前八時四五分から業務を開始する。今日は中秋の名月だったが、曇りで月は見えなかった。書店で『図説 地図とあらすじで読む聖書』（青春出版社刊）を購入する。

二〇〇四年（平成一六年）九月二九日（水）雨

体調不良。仕事は何とか休まずに行ったが、よれよれ状態だった。深く息を吸うと背中の筋肉が痛む。頭痛がして病人のような感覚の中にいる。

二〇〇四年（平成一六年）　九月三〇日（木）　晴れ

体調不良だったが、仕事には行った。頭重感があり、背中の右側の筋肉が痛む。深く息を吸うことが出来ない。

二〇〇四年（平成一六年）　一〇月一日（平成一六年）　晴れ

月の初めで料金が安くなるので、マイカル板橋でハリウッド映画『アイ・ロボット』（二〇〇四年制作・二〇世紀フォックス配給・一一五分）を鑑賞する。内容はＳＦ作家アイザック・アシモフの短編集「われはロボット」を基にして、原案はジェフ・ヴィンター、監督はアレックス・プロヤス、脚本はアキヴァ・ゴールズマンとジェフ・ヴィンター、撮影はサイモン・ダガン、音楽はマルコ・ベルトラミ。配役はデル・スプーナー刑事役にウィル・スミス、スーザン・カルヴィン博士役に女優のブリジット・モイナハン、ランス・ロバートソン役にブルース・グリーンウッド、ロボットのサニーの声優にアラン・テュディック、ジョン・バーキン副署長役に黒人のチー・マクブライド、アルフレッド・ラニング博士役にジェームズ・クロムウェル。ロボットが殺人をするのだが、それには複雑な理由があった。

二〇〇四年（平成一六年）　一〇月二日（土）　晴れ

半ドンの仕事を終えて、ドトールコーヒー店でベーグルサンドとアイスコーヒーを食べる。その後お店で読書する。

二〇〇四年（平成一六年）　一〇月三日（火）　曇り

午前六時半頃に目覚める。腰痛を覚える。テレビでイチロー選手のメジャー新記録樹立の時の映像を見る。午前中は横になって体を休める。午後からピアノの練習をする。電車をつかって浦和まで行き、ピアノと声楽のレッスンを受ける。車中で読書する。病人のような感覚が去り、健康を取り戻したような感覚になっている。

二〇〇四年（平成一六年）　一〇月四日（月）　雨

午前七時二二分に出勤する。志木駅で池袋行き各駅停車の電車に乗り換え、座席に座ることが出来た。元気を取り戻した感じで調子がいい。仕事を終えて大戸屋で夕食を摂る。スタンプを一三回ためたので今日の夕食は無料で食べることが出来た。食後はドトールコーヒー店でカフェラテを飲みながら読書する。午後七時半頃に帰宅する。午後八時からNHKの番組『地球・ふしぎ大自然～東京湾にタコが踊る』を観る。タコの不思議な生態を、映像を通して知ることが出来た。ヒョウモンダコの七変化には驚かされた。正にアーティストと呼びたい。

二〇〇四年（平成一六年）　一〇月五日（火）雨

傘をさしていつもより早く出勤する。午前八時四五分より業務を開始する。午後五時二五分に退社する。雨は降り続いている。帰りの電車の中で読書する。スーパーで、職場で飲むお茶とインスタント味噌汁を買う。帰宅後カレーライスを作る。午後七時半からNHKの番組『クローズアップ現代～クモ膜下出血・迷う予防手術』を観る。MRIの出現で未破裂脳動脈瘤が発見されるようになった。アメリカの研究で動脈瘤すべてが破裂するとは限らず、破裂するものはごく少数であることがわかった。今まで脳動脈瘤が発見されれば即手術と相場は決まっていた。それがMRIの登場で手術の判断は患者に委ねられるようになってきたというのである。午後九時一五分から『プロジェクトX～地上最強のマシン・F1への激闘』を観る。バイクメーカーのホンダが四輪の自動車会社として生まれ変わっていく過程がよくわかる内容だった。

二〇〇四年（平成一六年）　一〇月六日（水）　晴れ

午前六時三〇分に起床する。カーテンを開けると久しぶりにいい天気である。洗濯物をベランダに干す。それからシャワーを浴びて元気に出勤する。志木駅で池袋行き各駅停車の電車に乗り換える。座席に座ることが出来た。職場までNHK・FMラジオを聴く。職場を午後五時二五分に退出する。午後六時三〇分頃に帰宅する。午後一一時四〇分頃に大きな地震があった。部屋が大きく揺れた。NHKの報道によると震度五弱だった。震源地は茨城県南部で深さ六〇キロ、マグニチュード五・八だった。まだ体に感じた恐怖が収まらない。ニューヨークのYさんから電子メールが届く。ご主人のSさんも元気ということだった。

二〇〇四年（平成一六年）　一〇月七日（木）　快晴

午前中の仕事を終えて、用事で上福岡駅に出かける。いい天気で気持ちがいい。時間は自己の意識の中にある。自分の人生を歩むことが出来る人は幸せである。

二〇〇四年（平成一六年）　一〇月八日（金）　曇り後雨

午前七時一六分に職場に着く。午前八時四五分に業務を開始する。午後五時三〇分に退社する。雨は止まず。また台風がやって来る。午後六時一五分頃に帰宅する。静かな何でもない一日であった。

二〇〇四年（平成一六年）　一〇月九日（土）　雨

雨に濡れながら出勤する。午前八時二〇分に職場に着く。午前八時四五分から業務を開始する。午後〇時四五分に退社する。午後一時五〇分に帰宅する。テレビで台風情報を得る。家でじっとして台風が過ぎ去るのを待つ。

二〇〇四年（平成一六年）　一〇月一〇日（日）　曇り

目覚まし時計の音で午前六時三〇分に目覚める。午前七時に朝風呂する。夜に洗濯したものをベランダに干す。珈琲を沸かして飲む。毎日新聞朝刊に目を通す。書評欄で村上陽一郎氏の書評を読む。村上氏は『彼ら抜きでいられるか』（ハンス・ユルゲン・シュルツ編／山下公子ほか訳／新曜社刊）を取り上げ、ドイツ語圏で活躍したユダヤ人達の評伝であるこの本の醍醐味を書いていた。古新聞と広告紙を整理整頓する。午後四時半頃に愛車で図書館へ行き、借りていた本を返却する。図書館で四〇分ほど読書する。また古典ギリシャ語の単語である巨人、ゼウス神、タラントン、ロゴスの四つを書いて覚える。午後八時からＮＨＫ教育の「新日曜美術館〜ピカソの変身・エロスと超現実の世界」を観る。ゲストは岡本太郎美術館の岡本敏子さんだった。番組はピカソと女性との関係性によってもたらされた、創造へのエネルギーと苦悩が語られていた。午後九時からＮＨＫスペシャル「秘境　シルクロード・魔鬼城」を観る。場所は延々と荒野が続き、人の気配が全くない不思議な場所であった。中国の辺境を取材したものだが一人の中国人カメラマンを、密着取材しているような内容で、印象に残るような番組ではなかった。車で買い物に行く。帰りにガソリンスタンドで軽油を千円分給油する。帰宅後カレーライスを調理する。午後一〇時から「Ｆ１日本グランプリ」を観る。佐藤琢磨選手の走行に注目する。ニュースで台風二二号の被害が大きいのに驚く。ダウンバースト現象が横浜で起きたらしい。ダウンバースト現象を世界で初めて発見したのは気象学者の藤田博士である。ちなみに竜巻の大きさを表すFは藤田博士の名前からきている。

二〇〇四年（平成一六年）

一〇月一一日（月）　曇り

今日は体育の日の振り替え休日である。午前六時三〇分の目覚まし時計の音で目覚める。午前八時三〇分に起床する。タオルケットと枕カバーを洗濯する。コーヒーを沸かし、トースト二枚と昨夜作ったカレーを食べる。毎日新聞朝刊に目を通す。午前九時からスカパーのシネフィル・イマジカで、スタンリー・キューブリック監督作品『スパルタカス』（一九六〇年制作・字幕付き）を午後〇時二〇分終了まで鑑賞する。出演はスパルタカス役にカーク・ダグラス、他にローレンス・オリヴィエ、ピーター・ユスティノス等がいた。奴隷の剣闘士たちはイタリアを脱出するための船が調達できず、結局ローマへ進軍することを選択した。反乱を起こした剣闘士のリーダーであるスパルタカスの仲間に演説した台詞が印象的だった。「俺はこの世に天国があるかどうかは知らない。しかしこの世に生きている限り真実のために、戦わなければならないことは確かだ。俺たちは自由だ。自由は真実だ！」という言葉だった。スパルタカスは最後、ローマ軍に捕まりローマに通じる街道で十字架刑で死ぬ。この映画は何度か観ているが、いつ観ても見応えのある映画である。午後七時三〇分からＮＨＫの番組『秘境シルクロード～カナス・森と伝説の湖』を観る。

番組の中でアルタイ山中にある青色をした氷河湖が映し出された。またアカシカという生態があまりよく分かっていない鹿を撮影していた。塩湖で腐らずにミイラ化した魚を発見する。

二〇〇四年（平成一六年）　　一〇月一二日（火）　曇りのち雨

午前六時半に目覚まし時計の音で目覚める。午前七時一〇分に傘を持たないで出勤する。午前八時九分にタイムカードを押す。いつもより早く職場についたが、通勤電車は満員で座席に座ることは出来なかった。通勤でエネルギーを使い果たした感じである。午前八時四五分から業務を開始する。今日も全力で仕事に取り組む。職場の昼食はハヤシライスで美味しかった。午後五時一九分に退社時のタイムカードを押す。午後五時三五分の電車に乗る。成増駅で準急森林公園行きの電車に乗り換える。コンビニのａｍｐｍで発泡酒の白麒麟（冬季限定・三五〇ミリリットル・一五二円）一本買って、午後六時半頃に帰宅する。郵便受けを見るとシャンソン歌手のＹさんから郵便物が届いていた。お手紙と共に公演会の案内状が入っていた。Ｙさんとは六年ほど前に長崎市で知り合いになった。一二月七日に銀座にある博品館劇場でリサイタルを開くのでぜひ聴きに来てくださいという手紙であった。毎日新聞の夕刊に目を通す。読んだ記事はドイツ文学専攻の専修大学教授の寺尾格氏が書いたものだった。内容は今年のノーベル文学賞を受賞したユダヤ系オーストリア人のエルフリーデ・イェリネク女史に関するものだった。記事によるとイェリネク女史は二〇〇一年のカンヌ映画祭でグランプリを受賞した映画『ピアニスト』の原作者で、日本語に訳された作品には小説『ピアニスト』(鳥影社)、小説『したい気分』(鳥影社)、戯曲『トーテンアウベルク』(三元社)がある。ドイツ語圏でのイェリネク女史はラディカル・フェミニストとしての有名で、戯曲『家を去った後のノラに何が起こったか』(一九八〇年)というものがある。オーストリアの保守陣営側からは、国家の敵、左翼テロのシンパ、オーストリアで最も憎まれている女性作家、と言われている。作家はそうでなくてはならないだろう。午後八時五四分から「開運・なんでも鑑定団」を観る。注意して見たのは茨城県の男性が散歩中に、倒産した会社の処分するものから絵を見つけ只でもらったものが鑑定された。鑑定結果は安井曽太郎画伯の水彩画で六十万円の値段が付いた。それから佐賀の男性が博多の骨董屋で五〇〇〇円で買った象の置物だった。鑑定結果はフランスのシャンティーもので百万円の値段がついた

二〇〇四年(平成一六年)　一〇月三〇日(土)　曇りのち雨

午前七時起床。カーテンを開ける。温度四八度のシャワーを浴びる。午前七時四八分発急

行池袋行きに乗る。成増駅で各駅停車池袋行きに乗り換える。仕事場に午前八時一八分に着く。ドアを開け、机にSONY製の電子辞書と卓上計算機を鞄から取り出し机に置き、それから腕時計と携帯ラジオをはずし机に置く。携帯電話をベルトから外し充電器に差し込む。充電中の赤色を確認。暖房器のスイッチを入れる。設定温度は二五度にする。湯沸かし器のプラグをコンセントに差し込む。ロッカーを開け衣服を着替える。ローソンで買ってきたおにぎり二個を、電子レンジで温める。永谷園のインスタント味噌汁を作り、おにぎりと一緒に食べる。携帯電話で毎日新聞販売所に電話して、朝刊が配達されていないことを伝える。名前と住所と電話番号を聞かれたので即座に答えた。午前八時四五分に業務を開始する。午後一二時一五分に栄養科に内線を使って電話し、ご飯を頼む。午後一時二五分ごろに地下の職員食堂で昼食をとる。メニューは肉うどんとポテトだった。

午後一時五五分に退社。電車で帰宅の途に就く。スターバックスコーヒー店へ入りスターバックスラテ　トールを注文する。ラテを飲みながら日記を記す。大きな窓ガラスの正面に座る。前の席では髪を坊主頭のように短くした白人の青年が、英字新聞を大きく開いて読んでいる。英会話学校の講師をしているのかな、アメリカ人かもしれないと想像したりしてみる。異国にあってリラックスできているのはスターバックスコーヒー店なので母国にいるような感じを持っているからかもしれない。雨が窓ガラスを濡らし、いくつもの雫となって下に流れ落ちる。一週間の仕事から解放されて気が休まるひとときだ。これは大袈裟でなく幸せというものかもしれない。午後四時にお店をでる。お店を出たら、階段に沿って若者達が行列を作っていた。一人の男の子に「どうして並んでるの？」と聞いたら、「サスケが来るので。」と答えた。「サスケって何人なの」と聞くと、「二人」とこたえる。サスケは二人組みのミュージシャンで埼玉出身であるそうだ。一階に下りていくと最後尾はここです、というプラカードをもった人がたっていた。レコード店でサスケのサイン会があるそうだ。サスケというデュオの曲はまだ聞いたことがない。どこかで聴いたことがあるかもしれないが、サスケという二人組みのグループを知らない。

二〇〇四年（平成一六年）　一〇月三一日（日）曇り

午前八時頃に起床する。午前一一時からピアノの練習をする。午後〇時一〇分に愛車で浦和へ出発する。午後一時二〇分からピアノと声楽のレッスンを受ける。午後二時三〇分頃にレッスンを終えて帰宅の途に着く。車が出ていて、ところによって渋滞になった。国道一七号線に入ると被災地に向かうと思われる陸上自衛隊の車高の高い車両二〇数台に出くわす。午後四時一五分頃に帰宅。ドアを開けると同時に小用のため急いでトイレに駆け込む。テレビをつけるとイラク・バグダッドで二四歳の青年、香田証生さんが殺害された遺体を発見、と報じていた。至極残念である。テロリストが憎いと思った。何の罪もない人を拉致して首を刎ねるとは、残酷極まりない。テロリストの考えに同意することは出来ない。香田さんもイラク情勢を甘く見ていたのではという思いもする。

午後五時三〇分からクリームシチューを作り始める。人参、玉葱、ジャガイモを小型の包丁で皮を剥き、適当な大きさに切る。アキタコマチを水で洗い、圧力釜でご飯を炊く。蒸気機関車のような音をたて始める。火を弱めにする。フランス産の白ワイン（LOUIS TETE の Beaujolais Blanc）を、コルク栓を抜いて飲む。ワインを飲むのは久しぶりだ。つまみは韓国産の海苔。野菜中心の食事はやはりお腹が気持ちいい。ご飯はやわらかめだったが、おいしく炊けた。ＮＨＫの午後七時のニュースを見ながら食事をする。悠太ちゃんの入院中の映像が八分紹介されていた。悠太ちゃんはお母さんにもう会えないのだなと思ったら、胸にこみ上げるものがあった。

午後九時からＮＨＫ教育番組で、一九九〇年に日本で開かれたリサイタルのものだったが、ユダヤ人のヴァイオリン奏者イブリー・ギトリスの演奏を聴く。曲目はバッハのシャコンヌなどであった。今まで聞いたことがないようなヴァイオリンの音だった。太くて慈愛にみちた心が癒される音色をしていた。


二〇〇四年（平成一六年）　一一月一日（月）　雨

午前四時五〇分に目が覚め、寝室のカーテンを開け、小用をたすために起きる。外はまだ暗い。手を洗い、洗面をし、歯を磨く。室温二三度。体調は良好。部屋にピカッと光ったのでなんだろうと思ったら、雷鳴が聞こえてきた。フラッシュは稲妻だったのだ。午前五時半に玄関のポストに新聞が入る音がした。この時間帯でも仕事をしている人がいるのだ。雨音が聞こえる。強く降っているようだ。書斎としている部屋のカーテンを開ける。午前五時四五分、水しぶきをあげて通る車の音がし始める。

午前七時五分頃に出勤する。午前七時一五分発の準急池袋行きに乗る。和光市駅で座席に座れた。隣の成増駅で各駅停車に乗り換える。ローソンでコシヒカリ使用のおにぎり二個を買う。おにぎりは日高昆布とシーチキンマヨネーズで（株）グルメデリカという会社の所沢工場で作られたものであった。午前七時五七分にタイムカードを押す。永谷園のインスタント味噌汁を作り一緒に食べる。午前八時四六分から業務を開始する。午後〇時一八分に昼食を摂る。今日のメニューはご飯に味噌汁、鶏肉の南蛮漬け焼きと白菜のお浸し。午後一二時四二分に食事を終える。午後五時四〇分頃に退社。駅の近くにある料金千円の床屋で散髪をする。髭剃りと洗髪はなしで、終わったら吸引機で切った髪を吸引するやり方で格安になっている。午後七時五分頃に帰宅する。一九八四年の一一月以来となる一万円札、五千円札（樋口一葉）、千円札（野口英世）がデザインを一新して日銀から発行された。

二〇〇四年（平成一六年）　一一月二日（火）　曇り

午前零時二五分からＴＢＳテレビの番組「月曜組曲」を見る。オフコースの小田和正氏の音楽番組である。今日のゲストは赤い鳥のボーカリストだった山本潤子氏。懐かしくて卒業写真を一緒に口ずさんだ。二人とも歌がうまいのには脱帽である。こういう音楽番組があるのは有難い。午前一時半頃に就寝。午前六時四五分に起床。カーテンを開けて外を見ると、町は濃い霧に覆われていた。シャワーを浴びる。温度は四八度に設定。午前七時二六分に出勤。駅に着くと霧の影響で電車が遅れてダイヤが乱れていた。東京メトロ有楽町線新木場行きに乗る。和光市駅で降り、準急池袋行きに乗り換える。成増駅で降り、各駅停車池袋行きに乗り換える。

二〇〇四年（平成一六年）　一一月三日（水）　晴れ

午前八時半頃に起床。午後五時半頃に洗濯物をベランダに干していたら、目の前を一匹のコウモリが飛翔していった。もう暗くなっていた。午後五時頃からＴＢＳテレビでアメリカ大統領選挙関連番組を見続ける。ケリー候補に勝ってほしいが情勢はブッシュ大統領が優勢のようだ。

郵便ポストにクロネコメール便が入っていた。未知の人からの書籍であった。書籍は柴田基孝著『別の場所から―詩とエッセイ』（あざみ書房刊／二〇〇四年一一月二四日発行／二〇〇〇円）で送り主は柴田順子さんである。柴田氏のお名前は存じていたが、一度の面識もなかった。新聞で亡くなれたことは知っていた。この本で二〇〇三年七月七日に亡くなられたことがわかった。謹呈と記した白い紙に「亡夫　柴田基孝の詩集『水音楽』以降の詩とエッセイをお目通し願えれば、幸甚に存じます。」とあった。どのような経緯でご本をわたしに送るようになったのか知りたいと思った。面識もないのにご本をお送りしてくださったことを有難いと思った。

午後八時からNHKの番組『ためしてガッテン―耳鳴りの恐怖・疲労する耳』を見る。午後九時からTBSテレビ五〇周年記念番組『超歴史スペクタクル　ダーウィンの大冒険』（軍艦ビーグル号による世界一周）を見る。解説は荒俣宏、リポーターは雨宮塔子、語り手は森本毅郎。この番組は平成一六年度文化庁芸術祭参加作品である。ダーウィンのことは、名前は知っていてもどんな人間であったかはよくは知らなかったので、興味深く観た。チャールス・ダーウィンは代々医者の家に生まれる。幼少の頃から植物、昆虫、鉱物などに興味を示す。神学部に席を置いたが、ダーウィンが二二歳の時に帆船の軍艦ビーグル号に乗船し、世界一週の航海に出る。航海は五年に及んだ。ダーウィン及びビーグル号はよく無事に帰れたなと思った。主な仕事は船長の話し相手及び補佐で、寄港地での自然の調査及び採集を含んでいる。荒俣宏と雨宮塔子が、ダーウィンが立ち寄った土地であるブラジルのアマゾン、アルゼンチン、太平洋上にあるガラパゴス諸島を訪ねて行く。ガラパゴス諸島ではゾウガメ、ウミイグアナ、リクイグアナをみせる。帰国後に三〇歳で彼はエマという女性と結婚する。一〇人の子供を儲ける。しかし一番かわいがっていた長女が一〇歳で夭折する。彼は研究を続け自然界の原理を考えはじめる。研究の成果は五〇歳の時に出版した『種の起源』である。

二〇〇四年（平成一六年）

一一月四日（木）　曇り

午前一二時からアメリカのＣＮＮを見る。アメリカ大統領選挙の行方はオハイオ州の暫定投票の約一四万五千票の結果次第になるのかならないのか、ということらしい。二～三日のうちにケリー候補が敗北宣言をしなければならないような圧力が、ケリー候補にかかっていくのではないかという見方も出てきている。午前一時一〇分にケリー候補が敗北を認め、ブッシュ大統領に祝福の電話を入れたとのニュースをＣＮＮが流した。思ったより早く結論が出たようである。現在の室温は二五度。午前一時四五分に就寝。午前六時半に目覚まし時計の音で目覚める。起床したのは午前六時五〇分。シャワーを浴びて出勤する。

午前七時四五分発の池袋行き各駅停車に乗る。アイワの携帯ラジオでＮＨＫ・ＦＭに合わせ、ラヴェルのボレロを聴く。演奏はパリ管弦楽団だった。午後一二時五〇分に退社。池袋で用事を済ませ、東武東上線の特急に乗って帰宅する。今週の土曜日に長崎市の喫茶アレンジで開かれる「詩の朗読会」に参加する作品をメールに添付して送信する。誰かが代読してくれることになっている

二〇〇四年（平成一六年）　一一月五日（金）　晴れ

午前六時一五分頃に起床。用を足し、洗濯物をベランダに干す。入浴する。午前七時二八分頃に背広とネクタイ姿で出勤する。携帯ラジオでAFNを聞きながら駅へ向かう。話し手の英語を翻訳するのではなく、同じ言葉をそのまま頭の中で繰り返す聞き方をしている。翻訳しなくても意味が理解できる英語がある。例えばyesとかnoとかは翻訳しなくてもその言葉がそのままでわかるように。午前七時三六分発の急行電車に乗る。運良く座ることができた。午前八時二〇分にタイムカードを押す。午後一二時一五分から昼食をとる。献立はキノコご飯に味噌汁、カボチャの含め煮と魚のたまり漬け焼きだった。帰宅途中にスターバックスコーヒー店に立ち寄り、ラテを飲みながら五〇分ほど読書をする。午後九時から日本テレビで「金曜ロードショー」の『フィフス・エレメント』（監督：リ

ユック・ベッソン／出演者：ブルース・ウィリス、ミラ・ジョボビッチ、ゲーリー・オールドマン他／一九九七年米・仏合作映画）を鑑賞する。新聞には「史上最高のSF超大作」とあったがウソ。

二〇〇四年（平成一六年）　一一月六日（土）　曇り

午前五時一五分頃に起床。室温は二四度。午後一二時二〇分に帰宅の準備をしながら、ペットボトルを洗い、その中にお茶を入れる。午前中の仕事を終えて職場の近くにあるパン屋で菓子パンを買い、駅の近くにある中華料理店ジローで餃子定食を食べて池袋に出る。準備万端でいざ出陣という心境だ。新文芸座で二本立てのアメリカ映画を観るためである。一本目は『或る真夜中の出来事』、二本目は『ローマの休日』であった。会員なので料金は千円。入場して用を足しにトイレへ行く。後方より入り、後ろから数えて六番目ぐらいのところで左側通路より四番目の席に座る。

二〇〇四年（平成一六年）　一一月七日（日）　晴れ

午前九時一五分頃に起床。山の手線を使って目黒駅近くにある東京都庭園美術館へ、「エミール・ノルデ展」を鑑賞しに行く。久しぶりに行くので目黒駅に着いてから近くにいた駅員に庭園美術館の場所を聞く。駅の外に出てから道路に立てられた地図を見て確認する。二通りの行き方があったが左の道をとった。途中、生ゴミの集積場となったところを通ったが、カラスにやられたのか道いっぱいに生ゴミが散乱していた。一瞬、違う道を通ればよかったと思った。庭園の入り口で千円の料金を払う。窓口に六五歳以上の人は五〇〇円と表示されていたが、一人の男性が窓口で年齢を証明するものがないらしく、自分の生年月日をいい、間違いないですといい、付け加えて税金はちゃんと払っていますし、人より多く払っていますといっていた。税金を多く払っているのであれば千円払ってもいいだろうに、と思いながら庭園の中に入っていった。途中、次回に開かれるらしい彫刻家の大型作品が展示されていた。エミール・ノルデ展が開かれている旧朝香宮邸にはいる。チケットを切ってもらう。一〇〇円を入れてカバンと上着をロッカーに入れる。室内に入るとカーテンが閉められていて薄暗かった。作品が水彩や木版画のため、作品の色が落ちないための方策であった。作品を貸し出してくれたノルデ財団の要請でもあると注意書きにあった。それで照明は五〇ルックスに抑えられていた。展示された部屋も小さく、そして今日が最終日であったので館内は込み合っていた。二点目を観てから音声器を借りに受付まで行く。五〇〇円だった。その時二二〇〇円をだして画集を買い求める。一つ一つ丁寧に作品を鑑賞し、番号が付されたところでは音声器を耳に当てて説明を聞いた。

二〇〇四年（平成一六年）　一一月八日（月）晴れ

午前二時二〇分に就寝。午前六時五〇分に起床。午前七時三一分発の新線池袋行きに跳び乗る。運良く座席に座れた。和光市駅で各駅停車池袋行きに乗り換える。ローソンでおにぎり二個とお茶の葉、インスタント味噌汁を買う。職場のタイムカードは午前八時二〇分を印字した。午後零時一五分から地下の職員食堂で昼食をとる。献立はご飯に味噌汁、メンチカツと土佐和え。今日は三〇分ほど残業となり、午後六時過ぎに退社する。帰宅時の車中で読書する。最寄りの駅の中にあるスターバックスコーヒー店で四〇分ほど読書をして帰宅する。もう少しで読了となるところまで、読み進んできた。

二〇〇四年（平成一六年）　一一月九日（火）晴れ

夜中に三度、腹痛のために目がさめる。薬を一袋飲む。薬は顆粒で山之内製薬のマーロックス1.2g。午前七時に起床し、シャワーを浴びる。午前七時三〇分に出勤する。携帯ラジオでアメリカ軍のＡＦＮを聞きながら通勤する。英語をもっと理解出来るようになりたい。午前七時三九分発の急行池袋行きに乗る。志木駅で始発の各駅停車池袋行きに乗る。

運良く座席が一つ空いているのを、見つけ座る。乗ってまもなくして電車は走り出した。ローソンで牛乳とカステラとゼリー状のカロリー補給剤とビタミン補給剤を買う。支払いの時にローソンのポイントカードを出してポイントを加算してもらう。午前八時二〇分頃に職場に着く。内線を使って栄養科に昼食のキャンセルを申し込む。昼食は牛乳とカステラのみ。胃の調子は本調子ではないが強い痛みはない。マーロックを服用する。午後五時半に退社する。一一日に誕生日を迎えるいつもお世話になっている職場の人の誕生日プレゼントをデパートの中を探し歩く。結局、書籍二冊を購入しプレゼント用に包装してもらう。帰宅したのは午後八時を過ぎていた。疲れた。夕食はトースト二枚とハム、オレンジジュース、海草サラダ、ミニパスタ。午後一〇時からNHKニュースを見る。イラクの都市ファルージャでのアメリカ軍とイラク軍合同軍のテロリスト壊滅作戦「夜明け」に関するニュースが気がかりである。病院を占拠したとあったが、機能していた病院であったかどうかがニュースでは報じていなかった。

二〇〇四年（平成一六年）　一一月一〇日（水）　晴れ

午前七時五分に起床。シャワーを浴びる。温度を四八度に設定。喉の痛みを覚える。風邪の兆候。午前七時四五分の各駅停車池袋行きに乗る。携帯ラジオでAFNを聞く。朝食はトースト一枚と牛乳。昼食はカレーと野菜サラダだった。今日も残業で午後六時半に退社。池袋に出て、新文芸座へ行く。途中、パルコの入口にある売店で龍角散ののど飴を買う。今日見る映画はアメリカ映画『ウェストサイド物語』だった。ヒスパニック系と白人のギャンググループの対立を軸として愛と死のミュージカル映画であった。観ながら素晴らしい映画だなという感想をもった。午後一一時過ぎに帰宅する。疲れた。

二〇〇四年（平成一六年）　一一月一一日（木）　曇り

午前七時五分に起床する。シャワーを浴びる。午前七時三一分の準急池袋行きに乗る。志木駅で各駅停車池袋行きに乗り換える。午後〇時七分に外来の看護士さんよりインフルエンザの注射を受ける。注射針を指した時は痛くなかったが、薬を注入するときに痛みを感じた。今日は風呂には入らず、おとなしくしていよう。午後〇時五〇分頃に退社する。携帯ラジオでアメリカ軍のＡＦＮを聞きながら歩いていたらパレスティナのアラファト議長が亡くなったと報じていた。ローソンで水道料金を支払う。最寄りの駅に着いてからソバ屋でコロッケソバを食べる。それからスターバックスコーヒー店に入りキャラメルマキアートを注文する。大きな窓ガラスを正面にした丸いテーブルの席に座る。そこで船本弘毅・監修『図説　地図とあらすじで読む聖書』（青春出版社刊・一一二頁）を読了する。

午後二時五〇分頃に帰宅する。ベランダに干していた洗濯ものを取り込み、新たに洗濯した衣類をベランダに干す。雨が降りそうな気配である。

二〇〇四年（平成一六年）　一一月一二日（金）　雨

午前一時一五分頃に就寝。午前六時に目覚まし時計の音で目覚める。午前六時五〇分に起床してシャワーを浴びる。午前七時三三分発の準急池袋行きに乗車。志木駅で各停に乗り換える。電車は雨の影響で五分ほど遅れて運行。『聖書入門』（創元社刊「知の再発見」双書シリーズ・一七六頁）を読み始める。午後五時四〇分頃に退社。職場の人に飲みに行きませんか？　と誘われたが風邪気味で今日はまっすぐ帰りますと断る。午後五時四七分発の成増行きに乗る。成増駅で準急電車に乗り換える。午後六時四〇分頃に帰宅する。風邪気味でこれ以上ひどくならないようにしなければと思う。

二〇〇四年（平成一六年）　一一月一三日（土）　曇り

午前六時に目覚まし時計一号の音で目が覚め、二度寝して目覚まし時計二号の音で六時半に目が覚め、布団の中に居座り七時ちょうどに携帯電話がアラーム機能で久保田利伸の音楽を流し始める。結局起床したのは七時一〇分だった。土曜日は週末で疲れているのか気がゆるんでいるのか動きが、緩慢になってしまう。シャワーを浴びて出勤する。午前七時五三分発の準急池袋行きに乗る。志木駅で各駅停車の池袋行きに乗り換える。午前八時三二分頃に職場に着く。午後一時三〇分頃に退社。友人が昨日より目が見えなくなり、御茶ノ水にある井上眼科で検査中との連絡が入り、急遽見舞いに行くことにした。池袋から東京メトロ丸の内線に乗る。何を勘違いしたのか後楽園で降りてしまった。後楽園からでも行けるが歩かなければならないなと思い、次の電車に乗りなおして御茶ノ水駅で下車する。

一一月一四日（日）

二〇〇四年（平成一六年）

午前九時頃に起床。シャワーを浴びる。読売新聞の朝刊に目を通す。一五ページの書評欄にジル・ドゥーズ著『感覚の論理―画家フランシス・ベーコン論』を書評委員の三浦篤氏が取り上げていた。フランシス・ベーコンという画家の名前を知ったのはいつ頃からだったのか思い出せないが、スコラ哲学者と同じ名前を持つことで画家の名前を記憶した。実際に彼の絵画作品を観たのはニューヨークであった。人の顔や形が溶けるような、一種異様な印象を与える画である。書評に次のような文章がある。「二〇世紀後半において、物語的な具象絵画ではなく、幾何学的あるいは表現主義的な抽象絵画でもない、感覚の作用を形象化する《第三の道》を探るとしたらどうなるのか。図解としての象形的なものを拒否し、記号的なものや混沌を回避し、形体に動感を内在化させたベーコンの絵画こそが一つの雄弁な回答と位置づけることができないか」。午前一一時からピアノの練習をする。愛車に乗ってさいたま市浦和区仲町へピアノと声楽のレッスンを受けに行く。渋滞もなく割りとスムーズに現場に着いた。夜の八時からＮＨＫ教育の番組『新日曜美術館―アンリ・マチス展』を見る。ゲストは松任谷由美だった。

二〇〇四年（平成一六年）　　　　一一月一五日（月）　雨

午前六時四五分に起床。カーテンを開けると外は雨が降っていた。シャワーを浴びる。洗濯機を回す。充電器から昨日から充電していた乾電池四本を取りだし、携帯ラジオとモバイルに装着する。衣服の着替えを急いでやり、鞄に朝刊とペットボトルと読書中の本と多数のカードを入れたケース等を入れて傘をさして出勤する。シャツの上にベストを着た。午前七時二六分発の東京メトロ新木場行きに乗る。志木駅で各駅停車池袋行きに乗り換える。仕事場の近くにあるローソンで朝食となるおにぎり二個とカット野菜を購入する。今日の昼食の献立はご飯に中華スープ、麻婆豆腐に青菜の油炒めだった。夜の八時からＮＨ

Kの番組『地球・ふしぎ大自然』（「金色のサル」中国・森を飛ぶキンシコウ）をみる。

二〇〇四年（平成一六年）　一一月一六日（火）　快晴

午前六時四〇分頃に起床。シャーを浴びる。衣類を洗濯機の中に入れ、ボールドという洗剤を入れてスイッチを押した。その前に洗濯が終わった衣類を取り出した。シャワーが終わって衣類を身につけてから洗濯物をベランダにほす。天気は快晴で気持ちがいい。元気を出していこうという気持ちになる。仕事場で使うものを紙袋に入れる。腕時計、携帯電話、携帯ラジオ、財布を身につけて鞄を肩に下げて出勤する。今日もベストを着たので暖かい。プラットホームにあるコンビニでおにぎり二個を買い求める。午前七時四五分の各駅停車池袋行きに乗る。午前八時二六分頃に職場に着く。午後一二時一五分から昼食をとる。献立はご飯に清汁、ロールフライに茄子のお浸しだった。午後五時三〇分頃に退社。池袋に出て、新文芸座でフランス映画を二本観る。一本目は午後六時三〇分から上映されたロジェ・ヴァデム監督作品でジェラール・フィリップ主演の『危険な関係』（一九五九年制作）。二本目は午後八時四〇分から始まったジャン・ルノワール監督作品でジャン・ギャバン主演の『フレンチ・カンカン』（一九五四年制作）。帰宅したのは午後一一時半を過ぎていた。

二〇〇四年（平成一六年）　　一一月一七日（水）　晴れ

午前七時一五分頃に起床。昼食はハヤシライスとブロッコリー、トマト、玉葱、レタスの生野菜だった。昼休みに日通の支店に電話する。今日の午後七時以降に届けてもらうことにした。午後六時半頃に帰宅する。帰宅途中にローソンで発泡酒の生搾り一本（350ml）とおつまみと食パンを買う。午後七時半頃に日通が絵画作品二点を届ける。着払いで二一二〇円だった。午後一〇時過ぎに就寝。

二〇〇四年（平成一六年）　　一一月一八日（木）　曇り

午前五時一〇分頃に起床。昨夜は早く休んだので今日は早く目が覚めてしまった。室温は二〇度。シャワーを浴びる。午前七時四五分の各駅停車池袋行きに乗る。三九分発の急行に一〇メートルの差で乗れなかった。朝の六分は大きい。座席を詰めてもらい座ることが出来た。携帯ラジオでAFNを聞く。英語を聞きなれることはアメリカなど外国へ行った時に言葉のストレスを少なくすることになる。多くの人が傘を持参している。雨が降るということか。ローソンでおにぎり二個と永谷園のインスタント味噌汁をかう。買う度にポイントカードを提出する。午後一二時五〇分に退社する。東武練馬駅から池袋に出て、東京メトロ有楽町線に乗る。飯田橋駅から数百メートル歩いて東西線に乗り換える。乗った電車が急行だったらしく、途中の駅で一旦降りて次の各駅停車の電車に乗り換えた。南砂町を過ぎたところで電車は地上に出た。地下鉄ではなくなった。電車の中では集中して読書をした。西葛西駅に着き、改札口に出る前にパン屋があったので、お見舞い用に菓子パン三個（パンケーキアップル・オレンジドーナツ・リンゴのパイ）を買い求める。駅前にあったUFJ銀行でお金を引き落とした。雨が振り出して傘をさす。地図を見ながら西葛西・井上眼科病院を探す。すぐに見つかり網膜剥離の手術を受けた友人を見舞う。友人は医者の指示でうつ伏せに寝ていた。四〇分ほど滞在した。午後三時五分の中野行きの電車に乗る。高田馬場駅で降り、山手線に乗り池袋に戻る。回転寿司大江戸でお寿司を食べる。昼食はまだだった。サーモン・金目鯛・秋刀魚を注文して食べた。新文芸座に午後四時一〇分頃に着く。午後四時三〇分からルキーノ・ヴィスコンティ監督作品『白夜』（一九五七年制作）を鑑賞する。出演はマリア・シェル、マルチェロ・マストロヤンニ、ジャン・マレー。原作はドストエフスキー、音楽担当はニーノ・ロータ。午後六時二五分頃に『白夜』は終わり、駅に向かう。座席に座るために電車を二本見送って列の最前列に並んだ。電車の一本がトラブルで送れ、出発が五分ほど遅れた。午後六時五五分頃に小川町行き急行電車は出発した。

二〇〇四年（平成一六年）　　　　一一月一九日（金）　雨

午前六時半に起床。お風呂にお湯を入れて入浴する。お湯が貯まるまで出勤の準備をする。肩まで入り体を温める。傘をさして出勤する。午前七時二九分発の急行池袋行きにのる。車内は混雑。志木駅で各駅停車の池袋行きに乗り換える。ローソンでおにぎり二個を買い求める。昼食はご飯にかきたま汁、青しょう肉糸ともやしのナムルだった。少し残業となって午後六時過ぎに退社。職場の人、三人と和民で飲み会をする。午後九時過ぎにお開き。飲み代は割り勘で一人二二〇〇円だった。ボージョレー・ヌーボーのハーフボトルを注文して飲んだ。銘柄はジョルジュ・デュブッフ社のボージョレー・ヌーボー二〇〇四だった。帰宅したのは午後一〇時半ごろだった。

二〇〇四年（平成一六年）　　　　一一月二〇日（土）　晴れ

午前六時半頃に起床。シャワーを浴びる。午前六時四〇分頃に出勤。携帯ラジオでピーター・バラカン氏がＤＪを務めるＮＨＫ・ＦＭの番組を聴きながら通勤する。午前七時五〇分発の急行池袋行きに乗車する。志木駅で始発の各駅停車池袋行きに乗り換える。ラジオではレイ・チャールズのスティービー・ワンダーのカバー曲が流れている。午後一時五〇分頃に仕事を終えて退社。

二〇〇四年（平成一六年）　一一月二一日（日）　晴れ

毎日新聞の朝刊に目を通す。

二〇〇四年（平成一六年）　一一月二二日（月）　晴れ

午前一時過ぎにお風呂に入り、髭をそる。午前二時前に就寝する。午前六時四五分に起床。カーテンを開け、小用を足し、洗面をすませる。夜に洗濯したものをベランダに干す。背広にベストを着てネクタイをして出勤する。携帯ラジオでＡＦＮを聞いていると一ドルが一〇一円になったとＤＪが話している。午前七時三三分発の準急池袋行きに乗る。快晴で柳瀬川の鉄橋から富士山を見ることが出来た。志木駅で各駅停車の池袋行きに乗り換えた。座席を詰めてもらい座ることができた。ローソンでおにぎりとカット野菜を買う。午前八時四七分から始業。午後一二時一五分から昼食。献立はご飯に豆腐とワカメの味噌汁、鶏肉の南蛮漬け焼きと白菜のお浸し。残業となり午後七時二〇分頃に帰宅。洗濯物を取り込む。テレビをつけ一〇チャンネルの番組『テレビの力』を見る。午後一一時頃に就寝。

二〇〇四年（平成一六年）一一月二三日（火）晴れ

午前五時半に起床。室温は二〇度。シーツとして使っているタオルケットを洗濯する。快晴でベランダに出ると気持ちがいい。コーヒーをコーヒーメーカーで沸かす。今日一日外に出なかった。夜、フランスの白ワインを飲んだ。洗濯を二回した。雑アートの主宰者、Y・Yさんへ電子メールで「雑アート展」へのお礼の言葉を送る。

二〇〇四年（平成一六年）一一月二四日（水）晴れ

午前一時半頃に就寝。午前六時四五分に起床。二つの部屋のカーテンを開ける。快晴だ。嬉しい。今年は晴れが続く日が少ないので助かる。洗濯好きの私にとって、いや乾燥機を持っていないわたしにとってしっかり太陽の光を浴びていなければ、洗濯物をベランダから取り込む気がしない。シャワーを浴びる。安全剃刀で髭をそる。あご髭を整える。午前七時三三分発の準急電車の後ろから二両目に乗る。志木駅で各駅停車池袋行きに乗り換える。通勤中は携帯ラジオでアメリカ軍のＡＦＮ放送を両耳にイヤホンを当てて聞いている。番組で漫才師の話を聞いても何が可笑しいのかつかめない。昼食はご飯に味噌汁、揚げだし豆腐。今日は時間がきてもすぐには帰れなかった。午後六時頃に退社。池袋に出る。行きつけの立ち食いソバ屋でコロッケソバを食べてから、新文芸座へ行く。午後七時からフランス映画でトリュフォー監督作品の『夜霧の恋人たち』(一九六八年制作)、午後八時五五分から同監督作品『家庭』(一九七〇年制作)を観る。帰宅は午後一一時を過ぎていた。

二〇〇四年(平成一六年)　一一月二五日(木)　快晴

午前一時五〇分頃に就寝。午前七時に目が覚め、七時五分に起床。二つの部屋のカーテンを開ける。今日も快晴である。温度四八度のシャワーを浴びる。脱いだ衣類を洗濯機の中に入れる。シャワーを浴びた後に使ったタオルを洗剤とともに入れ「少」に設定して開始ボタンを押す。下着を身につけ出勤の支度をする。ビニールやプラスチック類のゴミ出しの日なので袋三つをアパートの外に設置されているゴミ箱に出す。開けると中は既にいっぱいになっていたが無理矢理力ずくで中に押し込む。午前七時四五分の各駅停車池袋行きに乗車する。座席に座ることが出来た。ローソンでおにぎり二個買い求める。午前中の仕事を終えて、午後一時一五分に退社。午後四時ごろスターバックスコーヒー店に入り、カフェラテ・トールを飲みながら読書をする。だいぶはかどった。

二〇〇四年（平成一六年）　一一月二六日（金）　快晴

午前二時に就寝。午前七時に起床。午前七時三三分の準急池袋行きに乗る。携帯ラジオでアメリカ軍の英語放送ＡＦＮを聞きながら通勤する。ローソンでおにぎり二個と抹茶入り玄米茶を購入。午前八時四五分から仕事を開始。午後一二時一九分に昼食を摂る。今日の献立はご飯に竹の子とワカメが入った若竹汁、鶏肉の照り焼き風煮と大根サラダだった。午後五時四五分に退社。池袋の立ち食いソバ屋でコロッケソバを食べる。新文芸座で没後二〇年となるフランソワ・トリュフォー監督作品を二本観る。一本目は午後六時二〇分から始まった『逃げ去る恋』（一九七八年制作）、出演者はジャン＝ピエール・レオー、マリー＝フランス・ピジェ。二本目は『恋のエチュード（完全版）』（一九七一年制作）で、出演者はジャン＝ピエール・レオー、キカ・マーカムであった。午後一一時二〇分頃に帰宅。

二〇〇四年（平成一六年）　一一月二七日（土）　快晴

午前三時一〇分に就寝。午前六時四五分に起床。シャワーを浴びる。携帯ラジオでＮＨＫ・ＦＭのピーター・バラカン氏の番組を聞きながら通勤する。午前七時三六分の準急池袋行きに乗る。成増駅で各駅停車池袋行きに乗り換える。ローソンでおにぎり二個とカット野菜を買う。仕事場に着き、暖房を二五度に設定してスイッチを入れる。午後一時半頃に退社。駅へ行く途中で一匹の喋が飛んでいるのを見た。この季節にと、驚きであった。どこから飛んで来たのだろう、どこで孵化したのだろうと思いながら歩いた。みずほのATMでお金を引き出す。池袋へ出て東京メトロの有楽町線へ乗る。飯田橋駅で下車し数百メートル歩いて東西線に乗る。竹橋で下車し、毎日新聞本社の地下にあるドトールコーヒー店に入りベーグルサンドとアイスコーヒーを注文して昼食とした。食べ終わってから東京国立近代美術館へ行く。入場料を八〇〇円支払う。来た第一の理由は『草間弥生：永遠の現在展』を鑑賞するためである。『木村伊兵衛展』と『常設展』もあわせて鑑賞した。『草間弥生展』は一一のセクションで構成されていた。一一セクションのそれぞれのタイトルは「一」カボチャ「二」《infinity Mirrored Room—信濃の灯》（二〇〇一年）「三」：一九七〇年のコラージュを中心に「四」《水玉脅迫》（一九九六年）「五」モノクロームの世界「六」《水上の蛍》（二〇〇〇年）「七」銀色のオブジェ「八」《宇宙の心》（二〇〇二／二〇〇四年）「九」紙の上の小宇宙—一九五〇年代の水彩画を中心に「一〇」《天国への梯子》（二〇〇〇年）「一一」壮麗な開花—一九八〇年代以後だった。

次に四階へエレベーターで行き、『木村伊兵衛展』を観る。私の故郷の長崎を撮った写真五点を興味深く拝見した。カラーではなくモノクロがいい。他に一九五三年撮影の《板塀、秋田》など秋田シリーズの作品にもその写真の中にタイムスリップする感覚を味わった。ライカ写真機にいち早く注目して使用した木村氏の先見の明を確認した。ライカが連写できることで紙芝居に集まった子供達の真剣なまなこを映すことが出来たのだ。続いて常設展を見た。もう何度か観ている作品が多かったが、いくつかは初めて観るものだった。

二〇〇四年（平成一六年）　一一月二八日（日）　快晴

午前五時三〇分頃に起床。室温は一八度。午後四時頃からピアノの練習をする。午後五時半に入浴する。再度ピアノの練習をして、ピアノと声楽のレッスンを受けに愛車で浦和まで行く。ピアノはハノンの一〇六ページを練習している。声楽はイタリア歌曲『Nel cor piu non mi sento』(Giovanni Paisiero 作曲)を練習している。その前に発声練習をした。帰宅してからカレーを作った。

二〇〇四年（平成一六年）　一一月二九日（月）　晴れ

午前一時三〇分頃に就寝。午前六時二八分頃に目覚まし時計の鳴る音より先に目覚めた。昨夜遅くに食事をしたので胃が重い。午前六時五〇分に起床。洗面を済ませ、洗濯機から衣類を取りだしベランダに干す。お通じがあり少し楽になった。助かった。携帯ラジオで東京FMを聞きながら通勤する。午前七時四五分の各駅停車池袋行きに乗る。座席には座ることが出来ず、立ったままの通勤となる。乗る前にプラットホームにあるAm Pmで菓子パンを買う。朝の特に月曜日の出勤は混雑していて、自分も含めて人々に余裕がなく嫌なものである。耐えるしかない。午後一二時一九分に昼食を摂る。献立はご飯に味噌汁、焼きぎせい豆腐、白菜のお浸しだった。インフルエンザの注射代一二〇〇円を支払う。午後六時頃に退社。帰宅の電車の中で読書する。和光市駅で各駅停車の電車に乗り換える。座って読書するためである。午後七時頃に帰宅する。

二〇〇四年（平成一六年）　一一月三〇日（火）　曇り

午前六時五分頃に起床。室温は一八度。シャワーを浴びる。エリナの粉末A.B.Cを水に溶いて飲む。携帯ラジオで英語放送のAFNを聞きながら通勤する。毎日、英語に慣れることが必要だ。昨日と同じ午前七時四五分の各駅停車池袋行きに乗る。今日も座る事が出来なかった。なるべく座るようにしたいと考えている。たっていると他の乗客とのトラブルになる確率が高くなる。前に座っているサラリーマンと思われる男性がしきりに呟きをしている。不愉快きわまりない。今朝は曇りで寒い。プラットホームのam pmでおにぎり二個を買う。仕事を開始してから驚くニュースを知らされる。先日、群馬県水上で自動車の中で練炭を焚いて自殺したと思われる男女三人の遺体が発見されたというニュースが、テレビや新聞記事で報道されたが、そのうちの板橋の主婦と出ていた人が三年前に退職した元同僚だということであった。精神を病んで退職したと聞いていたがこういう結末になるとは。お子さんはいなかったようだが残された家族には大きな悲しみを与えることだろう。仕事をしながら冥福を祈った。職場の人が今夜行われる戸田斎場でのお通夜に行かれるというので、お花をささげてくださいとお金をわたした。午後一二時一七分から昼食を摂る。献立はご飯にワカメと豆腐の味噌汁、コロッケと土佐和えだった。職場に保険料の控除証明書を提出する。午後五時半に退社。職場に携帯電話を忘れる。午後六時半頃に帰宅する。カレーと食パンとミルクコーヒーで夕食。疲れて午後九時前に寝てしまった。

二〇〇四年（平成一六年）一二月一日（水）　快晴

午前四時半頃に起床。室温は一五度。入浴する。午前七時三三分頃に出勤。携帯ラジオで英語放送ＡＦＮを聞きながら歩く。午前七時四五分の各駅停車池袋行きに乗車。今日は運良く座ることが出来た。ローソンでおにぎり二個を買う。インスタント味噌汁と共に食する。午前七時四七分から始業。昨夜、お通夜に出た職員から話を聞く。割とたくさんの人がお通夜にきていたそうである。ご主人の話によると生活は普通にしていて、来年の初めにはマンションを購入しようと二人で見て歩いていたそうである。わたしの記憶でも彼女は明るく、人当たりのいい人だったという印象がある。話を聞くと過去に多量の薬を飲んで自殺未遂をはかったことがあるそうだ。第三者にはわからないところだ。ご遺体を見たら顔に斑点がでていたそうだが、ご主人の話によると遺体を確認に行った時は、顔はピンク色でほんとに眠っているようだったという。顔が最初ピンク色で、後で斑点が出るのは練炭による中毒死の特徴だそうである。午後一二時一八分に食堂で昼食を摂る。献立はご飯に味噌汁、具入り玉子焼きとひじきの炒め煮だった。午後五時四五分に退社する。

二〇〇四年（平成一六年）　一二月二日（木）　晴れ

午前一時半に就寝。午前六時五〇分に起床。シャワーを浴びる。午前七時四五分の各駅停車池袋行きに乗る。ローソンでおにぎり二個を買う。午前八時四九分から始業。午後一時一〇分に退社する。駅近くの松屋でカレーを食べる。池袋に出て東京メトロ有楽町線に乗る。永田町駅で下車し半蔵門線に乗り換える。清澄白川駅で降りて、東京都現代美術館へ行く。一度道を間違え遠回りをしてしまう。『ピカソ展―身体とエロス』（パリ・国立ピカソ美術館蔵）を鑑賞する。入り口で友の会の会員になる手続きをする。入場料が安くなった。『ピカソ展』を見終わってから外は暗くなりかけていて、もう帰ろうかなと思ったが思い直して常設展も見て回る。牛島憲之・池田満寿夫・三木富夫・菅木志夫・駒井哲夫・篠原有司男・池田満寿夫と荒川修作の特集をやっていて、荒川の作品をまとめて鑑賞出来たのはよかった。

二〇〇四年（平成一六年）　一二月三日（金）　快晴

午前六時三〇分に起床。室温は一五度。シャワーを浴びる。衣類を洗濯機の中に入れて、お風呂の水をポンプで洗濯機に汲み出し洗濯する。午前七時三三分に出勤する。午前七時四八分の急行池袋行きに乗る。志木駅で各駅停車池袋行きに乗る。右奥歯が痛いのが気になり始める。携帯ラジオでジョン・カビラ氏のJ－WAVEを聴きながら通勤する。ここのところ快晴が続くのでありがたい。午後一二時一五分に地下にある職員食堂で昼食を摂る。今日の献立はご飯にキノコの漬汁、キャベツを添えた竜田揚げと胡麻和えだった。残業となり午後六時一五分に退社。午後七時一五分頃に帰宅する。午後一〇時前に就寝。

二〇〇四年（平成一六年）　一二月四日（土）　曇り

午前七時に起床。携帯ラジオでＮＨＫ・ＦＭのピーター・バラカン氏がＤＪを務める音楽番組を聞く。今日はブルースが流れていた。コマーシャリズムに汚染されていない数少ない番組で土曜日の楽しみのひとつである。昔の曲でも不思議と新しい感覚で聞くことができる音楽番組である。午前中の仕事を終えて寄り道をせずにまっすぐ帰宅する。体調が悪くなってくるのを覚える。午後九時に体調不良で早めに休む。

二〇〇四年（平成一六年）

一二月五日（日）　快晴

午前八時に一度目が覚めたが、風邪なのか疲れからなのか、奥歯の歯の痛みからくるものか、頭が重く、頭痛がして胃に不快感を覚え、食欲がなく身体が重い。足を曲げると足がつりそうになる。一日中、横になって休む。朝食と昼食は抜きだった。午後四時ごろにようやく起き出し、ベランダから洗濯物を取り込む。それから人参、玉葱、ジャガイモでスープを作った。午後六時からそれを食べた。エリナのA,B,Cをシェイクして飲む。身体と胃はいくらか動くようになったが、頭痛は治らず、くしゃみがでるようになった。History Channel の番組「バイオグラフィー」で『リチャード・ギア（前編）・（後編）』を観る。ダライ・ラマを崇敬していることがわかった。熱心な仏教徒と紹介されていた。ブロードウェイでミュージカルスターだったことや楽器を九つ弾けることがわかった。早くリメイク版の「Shall we dance?」を観て見たいと思った。

二〇〇四年（平成一六年）

一二月六日（月）　晴れ

午前六時四五分に起床。シャワーを浴びる。支度をして七時半に出勤する。首にマフラーを巻く。ミルクをコップ一杯飲む。まだ本調子ではなく、今日の仕事が思いやられる。午前七時四五分の各駅停車池袋行きに乗る。運よく座席に座ることができたので助かった。一日半寝ていたので足が萎えた感じがする。ほとんどまともな食事をしていない。ローソンでおにぎり二個とウイダーマルチビタミン一つを買い求める。インスタント味噌汁を作っておにぎりと一緒に食べる。午前中の仕事をなんとかこなすことが出来た。思ったより躰が動いてくれた。頭痛はまだ消えない。午後一二時一七分より食堂で昼食を摂る。献立はご飯にかき玉汁、チキンソテーにブロッコリーのサラダであった。午後三時ぐらいから頭痛が治まってきた。食事が出来たのが良かったのか、身体を動かしたからよかったのか、元気になってきたので嬉しい。午後五時四五分に退社する。午後六時二五分頃に帰宅する。午後八時からＮＨＫの番組『地球・ふしぎ大自然―巨大な角を持つクジラ・イッカク』を観る。午後一〇時からテレビ東京（の番組『ヒューマンＤ―人生の正念場・荻野アンナ独身四八歳の苦悩の日々』を観る。午前零時に就寝する。荻野アンナ、直ぐにコメントが出てこない。そうなのかという感想。小説が書けない理由付けかなとも思った。

二〇〇四年（平成一六年）　一二月七日（火）　晴れ

午前六時四五分に起床。室温は一五度。カーテンを開け、部屋に光を入れる。四八度に温度設定したシャワーを浴びる。新しい下着を身に着け、出勤の支度をする。洗濯機の中から衣類を取りだしベランダに干す。午前七時三二分に携帯ラジオでＡＦＮを聞きながら出勤する。徒歩で最短ルートを使って駅に向かう。午前七時四五分発の各駅停車池袋行きに乗る。すいませんと声を掛けて席を一つ詰めてもらい座る。車中では久しぶりに読書をする。パワーはいまひとつだが体調は良好である。駅前のサンクスで太巻きを買う。職場に着いてインスタント味噌汁と共に太巻きを食べる。午前八時四七分から業務を開始する。午後一二時一七分から昼食を摂る。献立はご飯に味噌汁、炒め卵のシメジ餡かけと涼拌三絲。午後五時四五分に退社。最寄の駅にあるBOOK 1stで『二〇〇五年版・ヒットソング大全集』（主婦と生活者刊・一四二九円＋税）を購入。

二〇〇四年（平成一六年）　一二月八日（水）　快晴

小用のため午前五時ごろに一度目を覚ます。午前六時四五分に起床。室温は一四度。シャワーを浴びる。午前七時三〇分頃に出勤。今日は仕事場の忘年会がある日で、ネクタイ選びをやっていたら時間がなくなり慌ててアパートを出たら携帯電話を忘れてしまった。二〇〇メートルぐらい歩いて気づいたが、取りに戻ったら遅刻すると思いそのまま駅に向かった。午前七時四五分の各駅停車池袋行きに乗った。今日も運良く席を詰めてもらって座ることが出来た。車中で読書をした。ローソンでおにぎり二個とインスタント味噌汁を購入する。午前八時四七分から業務を開始する。午後一二時一七分に昼食を摂る。献立はご飯に味噌汁、豚肉の生姜焼きと土佐和えだった。残さず食べる。午後五時四〇分に退社し、池袋へ向かう。東武デパート八階の書籍売り場で『クリスマス・ピアノ・ソロ・アルバム』(ドレミ楽譜出版社・一〇〇〇円)を買い求める。忘年会会場となる一四階へ急いで向かう。午後六時三〇分から忘年会が始まる。カラオケで「上を向いて歩こう」を歌う。午後八時三〇分にお開きとなる。午後九時五五分頃に帰宅する。入浴する。

二〇〇四年(平成一六年)　一二月九日(木)　晴れ

午前一時に就寝。午前七時五分に起床。シャワーを浴びる。午前七時半頃に出勤する。午前七時三三分の池袋行き急行電車に乗る。志木駅で各駅停車池袋行きに乗り換える。職場に着き部屋の暖房を入れ、室温を二五度に設定する。勤務の合間に日本茶を入れて飲む。午後一二時四五分に退社する。最寄りの駅にあるソバ屋で天婦羅ソバを食べる。その後スターバックスコーヒー店でラテを飲みながら読書をする。午後三時頃に帰宅する。午後五時頃まで午睡する。

二〇〇四年（平成一六年）　一二月一〇日（金）　曇り

午前六時四五分頃に起床。窓のカーテンを開け、小用を足して直ぐシャワーを浴びる。最初、冷たい水が出るので二〜三分何かして待つ。今朝は新聞を玄関のポストから取り出した。身支度をして午前七時三三分頃に家を出た。四五分の電車に乗るために久しぶりに二〇〇メートルほど走った。午前七時四五分の各駅停車池袋行きに乗る。運よく座席に座ることが出来た。携帯電話の電子メールでニューヨークのスティーブに英文のメッセージを送る。ローソンでおにぎり二個を買う。職場に着いてから東芝製の電気ポットでお湯を沸かして永谷園の味噌汁を作り、おにぎりと一緒に食べた。午前八時四七分から業務を開始する。午後一二時一七分に地下の食堂で昼食を摂る。今日の献立はご飯に若竹汁、飛龍頭餡からめ、茄子のお浸し。飛龍頭餡からめは美味しかった。午後一時一五分から三〇分まで二〇日に行われる病棟のクリスマス会で歌うクリスマスソングの練習を、看護婦・薬剤師・検査技師・事務員を集めてする。指揮をしながら一緒に歌う。午後五時四五分頃に退社する。職場近くの古本屋でCDを二枚購入する。一枚目は七八〇円でイ・ムジチ合奏団の『日本の四季』(PHILIPS)。曲目は〈春〉一 早春賦 二 城ヶ島の雨 三 春の海 〈夏〉一 宵待草 二 この道 三 浜辺の歌 〈秋〉一 荒城の月 二 ヤシの実 三 赤とんぼ 〈冬〉一 小諸馬子歌 二 叱られて 三 雪の降る街を、だった。オーボエ奏者のハインツ・ホリガーが参加して感動的な演奏に磨きがかかっている。購入してよかったCDだ。二つ目は一一八〇円でピアニスト、ウワディスワフ・シュピルマン(WLADYSLAW SZPILMAN)演奏によるもの。曲目は一 ショパンの「夜想曲第二〇番遺作」(一九八〇年録音) 二 ラフマニノフの「前奏曲嬰ト短調作品32-12」 三 シューマンの「幻想曲ハ長調作品17」 四 シュピルマンの「ピアノと管弦楽のためのコンチェルティーノ」 五 ドビュッシーの「映像第一集より第一曲〝水の反映〟」 六 シュピルマンの「ロベルト・シュトルツのワルツによるパラフレーズ」 七 アルベニスの「スペインの歌より第四曲コルドバ」 八 クライスラーの「愛の悲しみ」 九 ショパンの「マズルカ第一三番イ短調作品17-4」 一〇 バッハの「パルティータ第二番ニ短調シャコンヌ」 一一 ショパンの夜想曲第二〇番遺作 (一九四八年録音)。シュピルマンはポランスキー監督作品『戦場のピアニスト』のモデルとなったピアニスト。

二〇〇四年（平成一六年）　一二月一一日（土）　晴れ

午前零時頃にシャワーを浴びる。午前二時半頃に就寝する。目覚まし時計の音で午前六時半に目をさまし、起きて小用を足す。また布団の中にもぐりこんで寝る。今度は携帯ラジオの目覚ましサウンドで午前七時に目をさます。午前七時一五分に起床する。洗濯物を洗濯機から取りだしベランダに干す。携帯ラジオでＮＨＫ・ＦＭを聞く。ピーター・バラカン氏がＤＪをつとめる音楽番組である。午前七時三二分に出勤する。午前七時三九分の急行池袋行きに乗る。志木駅で各駅停車池袋行きに乗り換える。座席に座ることができた。土曜日で乗客が少ない。助かる。ローソンでおにぎり二個とふわふわした菓子パン一個を買う。永谷園の味噌汁と一緒に食べる。午後一二時四五分に退社。まっすぐ帰宅する。最寄りの駅に着いてから、駅の近くにあるスーパーマーケットで人参とヨーグルトと蜂蜜を買う。帰宅してから一時間ほど仮眠をとる。それから Discovery Channel で幹細胞の移植に関する番組を観る。幹細胞は鼻の奥の粘膜から取る。アメリカ人の脊髄損傷の人たちがポルトガルのリスボンで手術を受けていた。執刀医はポルトガル人で外科医のリマ博士であった。アメリカではまだ研究の段階で政府の許可が下りていない手術なのである。手術は二年前の映像であった。脊髄を損傷して下半身が麻痺し、車椅子の生活を余儀なくされている人たちにとっては希望を持たせる番組であっただろう。脊髄に移植された幹細胞が増殖して切断されていた脊髄の神経細胞をつなぎ合わせていくというものであった。

二〇〇四年（平成一六年）　一二月一二日（日）曇り後雨

午前九時一〇分に起床。洗面をすませる。肌寒く、暗い日曜日だ。午後六時頃から七時半頃までピアノの練習をする。愛車でピアノと声楽のレッスンを受けにさいたま市浦和区仲町まで行く。道路は暗くなっているので、交通事故を起こさないように気をつけて運転した。声楽のテキストはイタリア歌曲集の一三四頁。午後一一時ごろに帰宅する。テレビでポーランド人の映画監督ロマン・ポランスキー『戦場のピアニスト』の最後のほうを観る。トマト風味の野菜スープを作る。まだ暖房は何一つ使用せず。重ね着で寒さに対処している。

二〇〇四年（平成一六年）　一二月一三日（月）曇り

午前一時に就寝。朝方に小用を足すために起きる。午前六時四五分に起床。カーテンを開け、朝日を取り込む。室温は一四度。シャワーを浴びる。着替えを済ませ、午前七時二〇分に出勤する。部屋に朝日がいっぱい差し込む。午前七時三三分の準急池袋行きに走って飛び乗る。柳瀬川鉄橋から雪を頂いた富士山が見えた。志木駅で各駅停車池袋行きに乗る。車両を移動して座席が空いていないか確かめる。座席が空いていたので座る。ローソンでおにぎり二個を買う。職場の部屋にエアコンの暖房を入れる。温度設定は二五度。仕事着の白衣に着替える。午前七時四五分から業務を開始する。午前中はトイレに行く暇もなく忙しく働いた。午後一二時一八分に地下の食堂に行き昼食を摂る。献立はご飯に中華スープ、麻婆豆腐と青菜の油炒めだった。今日は残業となって午後六時過ぎに退社。午後七時過ぎに帰宅する。昨夜作った野菜スープとパンとココアで夕食を摂る。午後八時からＮＨＫの番組『地球・ふしぎ大自然―探検ナイル川源流』（赤道直下・氷河の山・謎の巨大高山植物・天上の青い鳥）を観る。自分にとってこれから行くことがないだろうと思われる場所をみることは大事に思えてくる。ほんとは不思議でもなんでもないのかも知れない。ただ自分が知らないだけのことなのに、不思議と名づけているだけのことかも知れないと思う。標高四〇〇〇メートルの高地の湖にたたずみたいと思った。その静けさの中に身を置いた自分を想像してみた。

二〇〇四年（平成一六年）　一二月一四日（火）　曇り

午前零時頃に目覚める。ＮＨＫスペシャル『キトラ古墳石室開封』を観る。古代の人々の絵の素晴らしさと世界最古の天文図となるものを石室に配する宇宙感覚を驚嘆して見た。

続いて『ためしてガッテン―結石』を観る。シュウ酸とカルシュウムが結合して結石が出来る。胃結石・胆嚢結石・腎臓結石・尿路結石・膀胱結石・前立腺結石・唾液腺結石があるとのこと。胆嚢結石は胆のう癌を併発していることがあるとのことで、胆嚢を全摘出する手術が行われているそうだ。午前三時頃に入浴。午前三時五〇分に就寝。午前七時に起床。午前七時一八分に出勤する。午前七時二六分発の準急池袋行きに乗る。座ることは出来ず。志木駅で始発の各駅停車池袋行きに乗る。座ることが出来た。午前八時一六分から始業。午後一二時一八分から昼食を摂る。今日の献立はご飯に若竹汁、豚肉の味噌漬け焼きと大根サラダだった。午後五時四五分に退社。大戸屋で夕食を摂る。ご飯がくるまで読書をする。ピエール・ジベール著／遠藤ゆかり訳『聖書入門』（創元社刊／「知の再発見双書九三」）を読了。食事後に書店のBOOK 1stで哲学・宗教のコーナーで立ち読みし、エティエンヌ・トロクメ著／加藤隆訳『聖パウロ』（白水社刊：文庫クセジュ）を買い求める。午後八時頃に帰宅する。午後九時頃に寝てしまう。

一二月一五日（水）　曇り

二〇〇四年（平成一六年）

午前零時半頃に目覚める。腹痛を覚える。午前一時頃にシャワーを浴びる。腹痛は治まらず。カップにミルクを注ぎ、電子レンジで温めて取り出してからココアを入れかき混ぜる。飲んだら胃の痛みが和らいだ。胃の痛みから解放されてホッとする。午前三時半に就寝。すぐには起きられず。午前七時一〇分に起床。午前七時四五分発の各駅停車池袋行きに乗る。運よく座席に座ることが出来た。ローソンでおにぎり二個を買い求める。職場に着いてから永谷園の味噌汁と一緒に食べた。お腹のために昼食を抜いた。午後零時一五分から、職場の人たちを集めて歌の練習をする。約一五分間。曲目は一　ジングルベル／二　赤鼻のトナカイ／三　サンタが街にやってくる／四　もろびとこぞりて／五　きよしこの夜　の五曲である。仕事を終えて職場の人二人と三ヶ月前に退職した管理栄養士と私の計四人で、池袋西口にあるメトロポリタン八階に新しくオープンしたバイキングスタイルの香港茶龍で食事をした。九〇分で一九八〇円の食べ放題、さらに割引があるチラシを配布していたらしく行列が二列で二〇メートルほど出来ていた。店内も砂糖に群がる蟻のような状態にあった。満腹で少し苦しかった。午後八時頃に店を出て、まっすぐに帰宅した。

二〇〇四年（平成一六年）　一二月一六日（木）　晴れ

午前四時頃に就寝。午前七時一三分に起床。カーテンを開け、小用を足す。洗濯機から衣類を取りだし、ベランダに干す。シャワーを浴びる。身支度をして、朝刊をカバンに入れ出勤する。いつもより遅い。競歩のような歩き方で駅に向かう。午前七時五二分発の準急電車に乗る。成増駅で各駅停車池袋行きに乗り換える。ローソンでおにぎり一個と蒸しパン一個を買い求める。おにぎりは電子レンジで温めて、永谷園の味噌汁と一緒に食べた。午前八時四七分から業務を開始する。仕事中に内線で病棟のクリスマス会の司会をやってくださいと看護士から頼まれる。他の人に異論がなければやってもいいと返事をする。後で看護士長に内線を使って連絡し看護士長も了解していることなのか確認をした。午前中の仕事を終えて午後一二時五五分に退社する。職場近くの電気店で携帯電話とエアコンの話を聞く。携帯電話を新しいのに買い換えようと考えている。別の携帯電話ショップへ行き、話しを聞く。現在は三菱電機製の携帯電話を使っているので、同じ会社の製品D506を購入しようか、それともSO506にしようかと思案している。買い換える理由は自分が使っている携帯電話のメールの文字数が五〇〇字までで、送られてくるメールが途中までしか読めなくなったためである。いずれにせよ次の給料日まで待つことにする。料金千円の床屋で散髪をする。帰宅の途につく。市役所の出張所で所得証明書と納税証明書を発行してもらう。無印良品店でクリアブックを5つ買い求めて、午後四時一〇分頃に帰宅する。衣類を普段着に着替えてから、ベランダに干していた洗濯物を取り込む。午後八時から一〇チャンネルで日本対ドイツのサッカーの試合を観る。負け試合とわかると後半の中頃で観るのをやめた。一二月一三日付の毎日新聞夕刊の『特集 World』という欄で漢字学者 白川静氏の話が載っている。二回読み返したが内容のある話で有難いと思った。記者の戦争などの質問に含蓄のある言葉で応えている。「戦」という文字の解読、靖国問題、イラク戦争、漢字の統一的復権、春秋時代のことなどを話していた。

二〇〇四年（平成一六年）　一二月一七日（金）　晴れ

午前一時半に就寝。午前六時四五分頃に起床。シャワーを浴びる。午前七時三九分発の急行池袋行きに乗る。成増駅で各駅停車池袋行きに乗り換える。ローソンで納豆巻きとスポンジパンとコーヒーを買い求める。午前八時四七分から仕事を開始する。午後一二時三〇分から昼食を摂る。ご飯に味噌汁、鶏肉の南蛮漬け焼きと白菜のお浸し。今日は少し残業となり午後六時に退社する。午後六時一七分発の志木行きに乗る。志木駅で急行小川町行きに乗る。午後七時一〇分頃に帰宅する。

二〇〇四年（平成一六年）　一二月一八日（土）　晴れ

午前二時頃に目を覚ます。ニューヨークのOさんへ国際電話をかける。ニューヨークの詩人たちの話しと互いの近況を語る。午前四時に就寝。午前七時一二分に起床。カーテンを開け、小用を足す。衣類を急いで脱ぎ午前七時一五分から入浴をする。室温は一五度。

携帯ラジオでＮＨＫ・ＦＭを聞きながら駅に急ぎ足で向かう。ピーター・バラカン氏の選曲は今朝も僕の心を弾ませてくれる。音楽を心の慰めとしてだけでなく、他の方向性を提示していくことは大事なことのように思える。午前七時四四分の準急池袋行きに乗る。ふじみ野駅で急行電車に乗り換え、再度志木駅で午前八時〇一分発の各駅停車池袋行きに乗り換える。ローソンでおにぎり一個と菓子パン一個を買う。午前八時二二分にタイムカードを印字する。午前八時四七分から業務を開始する。午後一時頃に退社する。職場の近くにある古本屋に立ち寄る。三冊を購入する。一、船本弘毅著『聖書の世界—旧約を読む』（創元社刊・二〇〇円）二、Ｈ・Ｊ・ヘルミッソン＋Ｅ・ローゼ著／吉田泰・鵜殿博喜訳『信仰』（ヨルダン社刊・六〇〇円）三、和多利志津子著『アイラブアート』（日本放送出版協会刊・三〇〇円）。午後二時半頃に駅にある回転寿司屋で遅い昼食を摂る。その後スターバックスコーヒー店でドーナッツとカフェラテを注文して一休みする。午後五時二〇分頃に帰宅する。午後九時からＮＨＫの番組『イラク戦争の実態』を観る。

二〇〇四年（平成一六年）　　一二月一九日（日）　曇り

午前九時二三分に起床。ベランダに干していた洗濯物を取り込む。衣類を洗濯する。午前一〇時から一〇チャンネルの番組『サンデー・プロジェクト』をみる。拉致被害者の骨の鑑定結果に対して、北朝鮮に対する経済制裁の有無について討議されていた。出席者の石原東京都知事は最強硬手段論者で、ことによっては戦争も辞さずと発言していた。道路公団の杜撰な運営が猪瀬直樹氏の報告でわかった。新聞紙と折込み広告紙の整頓をする。午後四時二〇分から一二チャンネルの番組『日高義樹ワシントン・リポート』を観る。オルブライト前国務長官のインタビューで構成されていた。オルブライト女史は民主党のクリントン政権時に国務長官として北朝鮮の首都である平城を訪問して、キム・ジョンイルと合計一二時間も話した人物である。

二〇〇四年（平成一六年）　一二月二〇日（月）

胃が痛み、苦しかった。顆粒の胃薬を二種類服用する。午前七時一五分に起床。朝食はお粥を食べる。午前八時一六分から業務開始。午後一二時半から病棟でクリスマス会が開かれる。司会と歌の指揮を担当する。昼食抜きで午後二時に胃カメラの検査を受ける。二階にある胃カメラ室へいき最初胃カメラ検査に必要な液体を二種類飲ませられる。それから液体の麻酔剤を口に含む。口の中が痺れてくる。小さな管を胃に入れるときに何度か嘔吐が起こった。潰瘍がみつかる。検査が終わってからドクターから写真を見ながら説明を聞く。来年一月三一日に再度胃カメラの検査を受けることになった。午後二時四五分から地下の食堂で遅い昼食を摂る。献立はご飯に味噌汁、ハンバーグにサラダだった。午後七時三分に帰宅する。NHKのニュースを観る。病院内で起きた殺人事件を報道していた。他人事ではないと思った。午後七時半から一〇チャンネルの番組「テレビの力」を見る。岡山県津山市で起きた少女殺人事件の家族からの依頼があったのには少し驚いた。警察に対する信頼度が落ちているからテレビの力を借りるようになったのだろうか？　奈良市の事件といい捜査は難航しているようにも思える。津山市と奈良市の少女殺人事件は同一犯人という可能性はないのだろうか？

二〇〇四年（平成一六年）　一二月二一日（火）

午前一時に就寝。午前六時に目覚まし時計の音で目をさます。午前六時四五分にシャワーを浴びる。下着を全部洗濯したものに着替える。充電器から乾電池を取りだしアイワ製の携帯ラジオに差し込む。NHK・FMのクラシック番組を聞く。プーランクのシンフォニー曲が流れている。次にプーランク作曲のピアノ曲「八つの夜想曲」が岡本愛子氏のピアノ演奏で聞くことが出来た。午前七時三三分発の準急池袋行きに乗る。座席が一つ空いていたので座る。志木駅で各駅停車池袋行きに乗る。ローソンでおにぎり二個を買い求める。職場に午前八時一五分ごろに着く。インスタント味噌汁と一緒に食べる。午前八時四六分から業務を開始する。午後一二時一八分より地下の食堂で昼食をとる。今日の献立はご飯に味噌汁、酢豚と胡麻和えだった。酢豚は量が少し多めでお腹が満腹になりすぎた。午後五時四五分頃に退社して池袋にでる。東武練馬駅で千円のパスカードを購入する。池袋駅西口にあるビックカメラへ行き、携帯電話を手にとってみる。D506iを購入することを決め、近くにいた男性の店員に声をかける。名札を見ると寒河江（さがえ）と書いてあった。販売員の寒河江さんは自分の携帯電話を使ってNTTに電話してドコモポイントを確かめた。ドコモポイントは六五九八ポイントあり、そのうち六五〇〇ポイント分（ポイント交換額は六八二五円）を使うことにした。卓上ホルダーも必要ということで、六三〇円で購入する。ドコモのポイントとビックカメラのポイントを使って値段は、本体と卓上ホルダー込みで一万八円になった。約三年九ヶ月使っていた携帯電話が使えなくなったのだが、一抹の寂しさを感じる。機種交換のために一時間ほどかかるというので、映画を観てきますと寒河江さんに伝え、午後六時三〇分頃にお店をでる。派出所前を通り地下道路を渡って新文芸座へ行く。エレベーターを使って三階へ上る。上映時間が午後六時五〇分からのイランのドキュメンタリー映画『ハナのアフガンノート』（二〇〇三年制作）を観る。午後八時三〇分に終了。次に上映される『午後の五時』は観ないで寄り道をせず、ビックカメラ池袋西口店へ向かう。販売員の寒河江さんを見つけ情報をコピーしたD506iを受け取る。箱から取り出し手に持って店を出る。帰宅する電車の中で設定などをするために、新しい携帯電話を弄り回す。帰宅してゆず湯に入る。

二〇〇四年（平成一六年）　一二月二二日（水）　晴れ

午前七時五分に起床。ご飯に生卵と納豆で朝食を摂る。午前七時四五分から業務開始。午後一二時一七分に地下にある職員食堂で昼食を摂る。今日の献立はご飯に味噌汁、豚肉の生姜焼きと土佐和えだった。事務方に頼んでいた一五年度と一六年度の源泉徴収書を発行してもらう。午後五時四五分に退社する。職場の同僚と和民で飲み会をする。生ビールを中ジョッキで三杯飲む。午後七時五〇分にお店を出る。三人で割り勘してサービス券を利用したので一五一四円だった。午後八時五〇分頃に帰宅する。帰宅してから胃の痛みはないが、仕事場でもらった胃薬（顆粒と錠剤）を三種類服用する。郵便ポストに広島市在住の画家、植田信隆氏より封書が届いていた。中を見るとパンフレット二枚と美術券が一枚が入っていた。パンフレットの題名は『松澤宥と九つの柱―九相の未来／パーリー・ニルヴァーナに向かって』会期：一二月一八日（土）～一月二三日（日）と『松澤宥作品&松澤宥キュレーション作品展―消滅と未来と』会期：2004/12.8 ～ 2005/3.21　場所：広島市現代美術館とある。パンフレットの説明文を読むと松澤宥氏は観念芸術の創始者とある。パンフレットの写真を見ると風貌が映画監督の鈴木清順氏に似ていると思った。午後一〇時頃に横になっていたら寝てしまった。

二〇〇四年（平成一六年）　一二月二三日（木）　快晴

午前一時半頃に目を覚ます。洗濯機の中から衣類を取り出しベランダに干す。小用を足す。湯沸器で温度を三九度に設定して食器を洗う。コーヒーメーカーでコーヒーを沸かして飲む。コーヒー豆はグァテマラ産のレギュラーコーヒーで熱帯雨林保護認証を受けているサンタイザベルエステートが生産している。新聞紙と広告紙を整理する。午前五時二〇分に入浴する。毎日新聞朝刊に目を通す。午前六時のＮＨＫのニュースを見る。午前六時三〇分に就寝。午前一〇時三五分頃に目を覚ます。午後四時にベランダから洗濯物を取り込む。ピアノの先生からメールが届き、日曜日のレッスンの時間を変更してもらいたいというものだった。体調は良好である。

二〇〇四年（平成一六年）　一二月二四日（金）　晴れ

午前六時四五分に起床。カーテンをあけてシャワーを浴びる。午前八時四八分から業務を開始する。午後一二時一八分から職員食堂で昼食を摂る。午後六時一二分に退社し、電車で池袋に出る。地下にある行きつけの立ち食いソバ屋でコロッケソバを食べて腹ごしらえ。新文芸座へ行き映画を二本観る。一本目は午後六時五〇分から始まったモンゴルを舞台としたドキュメンタリー映画『らくだの涙』（制作はドイツで二〇〇三年制作）。二本目は午後八時四五分から始まったのはアフガニスタン映画の『アフガン零年』（二〇〇三年制作）だった。

二〇〇四年（平成一六年）　一二月二五日（土）　快晴

午前〇時半頃に入浴する。手が荒れて痛いのでハンドクリームを塗る。午前一時半頃に就寝。午後七時一五分に起床。洗面を済ませ、ご飯とクリームシチューで朝食を摂る。午前八時二五分に職場に着く。午前八時四七分から業務を開始する。午後一二時五六分に退社する。ＡＴＭでお金を引き出す。電車に乗って帰宅の途につく。携帯ラジオでＡＦＮを聞く。午後二時に松屋でヘルシーカレーを食べる。食べ終わって隣にあるドトールコーヒー店に入ってコーヒーを飲む。携帯電話の暗唱番号を忘れてしまい、非設定通知のまま電話をかけてしまっている。ドコモショップへ行き、相談する。暗礁番号は最初〇〇〇〇になっていて、僕はそのままになっていて〇〇〇〇だったそうである。あたらしく自分の暗証番号を設定する。午後三時二五分頃に帰宅する。ベランダに洗濯物を干す。

二〇〇四年（平成一六年）　　一二月二六日（日）　晴れ

午前九時頃に起床。部屋の片付けを、サンデー・プロジェクトを見ながらする。午後一時にシャワーを浴びる。白ワインを飲む。午後二時ごろにシャワーを浴びる。部屋の整理整頓を続ける。午後三時ごろに郵便局へ車で出かける。書き損じの葉書を新しい葉書に代えてもらう。年賀葉書を二〇〇枚購入する。帰りにスーパーマーケットへ寄りビールとおにぎりと食パンとパスタと黒糖かりんとうを買う。それからセルフサービスのガソリンスタンドに寄り、軽油を二千円分入れる。

二〇〇四年（平成一六年）　　一二月二七日（月）　晴れ

午前七時六分に起床。シャワーを浴びる。ご飯と味噌汁と納豆とさつまあげで朝食をとる。午前八時一五分にタイムカードを押す。午前八時四六分から業務を開始する。午後〇時一六分から地下にある職員食堂で昼食を摂る。今日の献立はご飯に清汁、豚肉の野菜衣揚げ。今日は少し残業となり、午後六時頃に退社する、成増行きの電車に乗って帰宅の途につく。成増駅で準急森林公園行きに乗り換える。携帯ラジオでＡＦＮ放送を聞く。ニュースでしきりにTUNAMIという日本語が言われていた。ピロリ菌の検査の結果陽性と出たので年が明けてから治療しましょう、と主治医から言われた。

二〇〇四年（平成一六年）　　一二月二八日（火）　晴れ

午前六時三〇分に目覚まし時計の音で目覚める。午前六時四五分に入浴する。午前七時三三分に出勤する。携帯ラジオでＡＦＮ放送を聞きながら駅に向かう。午前七時三九分発の急行池袋行きに乗る。志木駅で各駅停車池袋行きに乗り換える。ローソンでおにぎり一個と菓子パン一つを買う。職場に着いてからインスタント味噌汁と一緒に食べる。菓子パンはコーヒーと一緒に食べる。午前八時四五分から業務を開始する。午後〇時一八分から職員食堂で昼食を摂る。献立はオムライスに人参と玉ねぎが入ったコンソメスープ、ブロッコリーのサラダだった。午後五時五〇分に退社。

二〇〇四年（平成一六年）　　一二月二九日（水）　晴れ

午前一時三〇分に就寝。午前四時半頃に起きて小用を足す。再度寝て午前六時五〇分に起床。シャワーを浴びて出勤する。夜はすき焼きを調理して食べる。

二〇〇四年（平成一六年）　一二月三〇日（木）　晴れ

午前七時一四分に起床。ご飯とけんちん汁を食べて出勤する。路面が凍っているところがあっておそるおそる歩いて出勤する。午前八時四五分から業務を開始する。寒いこともあって患者さんは少ない。午後〇時二二分から地下にある職員食堂で昼食を摂る。食後に任されているリハビリ室の大掃除をする。午後二時頃に施錠して退社する。帰宅の途に着く。

二〇〇四年（平成一六年）　一二月三一日（金）　曇り

午前九時一五分頃に起床。寒い。室温は一一度。年賀状はまだできず。あせるばかりでプリンターの故障で何も出来ず。ピンチ。プリンターを購入しようと思う。毎日新聞の朝刊を見る。奈良の事件は毎日新聞の販売員だった。今年の六月に起きた佐世保の事件の被害者の父親も毎日新聞佐世保支局長と毎日新聞という言葉がからんでいることに驚く。

二〇〇五年（平成一七年）　一月一日（土）　快晴

午前九時半頃に起床。年賀状をポストに取りに行った以外、外には出ず。午後九時から午後一一時までNHKスペシャル「新シルクロード」プロローグ・二五年目のシルクロードを観る。第一部は「再会」と題して、二五年前に撮ったシルクロードの映像を手がかりに、その映像に登場した人々を訪ねるものだった。登場した人々は玉石の鑑定士、民族楽器を製作する人（この人は既に他界し息子さんが出た）、草原で結婚式を挙げた夫婦などであった。第二部は「新シルクロード」の音楽監督を務めたチェリストのヨーヨー・マ氏（四九歳）を中心として、氏が二〇〇〇年に作った若手音楽集団シルクロードアンサンブルのテーマ音楽などの制作過程を紹介するものであった。マサチューセッツ州タングルウッドの音楽館にインド、イラン、トルコ、中国の民族楽器演奏者とアメリカ人の西洋音楽演奏者（ヴァイオリン・ビオラ・チェロ）が集まりテーマ曲の四四曲を制作した。番組の最後のところでシルクロードアンサンブルの演奏があった。番組の中でケネディ大統領の前でチェロを演奏する幼少のヨーヨー・マ氏の映像が流された。姉のピアノ演奏と一緒だったが初めて見る映像だった。ちなみに二人を紹介する人は指揮者で作曲家のレナード・ヴァーンスタイン氏であった。

一月二日（日）快晴

二〇〇五年（平成一七年）

午前八時頃に起床。寝正月となる。午後七時二〇分からＮＨＫの番組『大自然スペシャル―南米マラカイボ湖・謎の閃光を追う』を観る。マラカイボ湖の大きさに驚く。ベネズエラにこんな大きな湖があったなんて今まで知らなかった。湖のそばにある湿地帯も面積が広い。多様な生物が生息している地域だと思われた。湿地帯は雷の多発地帯でもある。マラカイボ湖付近に発生する謎の光は約五〇〇年前の大航海時代に航海する人たちによって記録されている。カリブ海を航行する人たちはこの光を「マラカイボの灯台」と名づけていた。これからもわかるように光は常に同じところで発生しているのである。取材班はこの現象を解明しようと湖の近くに拠点を定め調査にあたる。取材班に同行したのは大阪大学工学部の河崎善一郎教授であった。超高感度カメラ等を使って謎の光を撮影する。番組では雷が発生するメカニズムを絵で説明していた。午後九時からＮＨＫスペシャル『新シルクロード第一集「楼蘭四千年の眠り」』を観る。小河墓地と呼ばれる場所で二〇代と思われる女性のミイラなどが発掘された。ミイラはヨーロッパ系の人と思われ、発掘に関わっている人たちから美しいなぁと声が聞かれるほど美しい人であった。

二〇〇五年（平成一七年）　一月三日（月）　快晴

午前七時頃に目を覚ます。テレビをつけＮＨＫのニュースを見る。午前八時三〇分頃に起床し普段着に着替える。窓から朝日がいっぱいに入る。ベランダに洗濯物を干す。コーヒーメーカーでコーヒーを沸かして飲む。部屋に差し込む陽の光が嬉しい。午前一〇時五分からＮＨＫで再放送した『ウィーン・フィル・ニューイヤーコンサート二〇〇五』を聞く。指揮者はロリン・マゼール。スマトラ沖大地震のことを考慮して聴衆も参加するラディッキー行進曲の演奏は取りやめになった。また被災者に対する援助として世界保健機構の事務局長にお金が演奏の始まる前に渡された。演奏会の終わりのほうで指揮者、ロリン・マゼールの津波の被害に関する話があった。最後の曲は「美しく青きドナウ」であった。午後九時から午後一一時まで日本テレビの番組『緊急来日！これが世界の超一流クロースアップ・マジックだ』を観る。初めて、マジックを勉強してみようかなと興味が湧いた。岐阜県在住の歯科医のマジックは見事であった。外国人のプロのマジッシャンが褒めていた。

二〇〇五年（平成一七年）

一月四日（火）　晴れ

午前一時半頃に就寝。午前六時半に目覚まし時計の音で目覚める。午前六時四五分に起床する。午前七時一九分に出勤する。携帯ラジオでテレビのＮＨＫニュースを開く。午前七時二六分発の新木場行きに乗る。乗客が少なく座席に座ることが出来た。携帯電話を取り出しメールをチェックする。一通きていたので返事を出す。携帯ラジオをＮＨＫ・ＦＭのクラシック音楽へ切り替える。プーランクのオルガン曲に耳を傾ける。志木駅で始発の各駅停車池袋行きに乗り換える。乗客は少なく座席に座ることが出来た。ローソンでパンとおにぎりを買い求める。午前八時四五分から仕事を開始する。午後〇時一五分に職員食堂で昼食を摂る。職場で受診する。いつもの胃薬（三種類）を処方してもらう。保険適用で一一〇〇円（保険点数：七三一）であった。

二〇〇五年（平成一七年）

一月五日（水）　快晴

午前二時一五分頃に就寝。午前六時半頃に寒さで目覚める。午前六時四〇分に風呂に湯を溜め始める。入浴をする。午前七時二八分に出勤する。午前七時三六分発の地下鉄新木場行きに乗る。座ることは出来なかった。志木駅で始発の各駅停車池袋行きに乗り換える。座席に座ることが出来た。携帯ラジオでＮＨＫ・ＦＭのクラシック音楽を聴く。今日はフランスの作曲家ミヨーの楽曲を取り上げていた。ブラジル滞在の経験を下に作曲した曲で「屋根の上の虫」という曲名であった。ミヨーという名の作曲家を知ったのは渡辺守章氏の著作『ポール・クローデルー劇的想像力の世界』を読んだ時であったと思う。ポール・クローデルはフランスの詩人で外交官でもあり、日本の駐仏大使も勤めたことがある人である。クローデルはブラジルの駐仏大使となった時にミヨーを伴って着任している。ラジオは駅に近づくと雑音が入る。家から昨日コンビニで買った菓子パンとコーヒーと毎日新聞朝刊と読書する書籍を持参する。午前八時四五分から業務を開始する。午後〇時一七分に地下の食堂で昼食を摂る。仕事を終えて池袋に出る。西口にあるビックカメラで電気製品を見て歩く。携帯電話 D506i 用の液晶画面の防護膜と imation 製の二〇枚入りの CD-R (700MB) パックを七〇〇円で購入する。午後八時半頃に帰宅する。午後一一時頃に入浴する。午後一一時五五分頃に就寝する。

二〇〇五年（平成一七年）　一月六日（木）　晴れ

午前零時一五分頃に就寝する。午前四時頃だと思うが寒くて目が覚める。午前七時頃に起床。洗面と電気カミソリでの髭剃りを済ませ、お餅とヨーグルトを食べて出勤する。午前八時五分頃に職場に着く。コーヒーを沸かして飲む。午前八時四六分から業務を開始する。午前中の仕事を終えて午後〇時四五分に退社する。ローソンで電話料金を支払い、カウンターに設置している郵便ポストに封書を一通入れる。お腹がぺこぺこで松屋でヘルシーカレー（二九〇円）を食べる。SATY の中にあるみずほ銀行に行き、使っていなかった富士銀行の通帳をみずほ銀行のものに切り替えてもらう。外にある宝くじ売り場に行き、一枚二〇〇円のスクラッチを三千円分購入する。雨が降り出していたが、傘は持参していなかったので濡れることになった。線路を再び渡り、行きつけの床屋で散髪する。料金は千円。床屋の隣にある東武ストアで買い物をして帰宅する。家に着いたのは午後四時頃であった。午後七時にＮＨＫのニュースを観る。興味があったのはジャカルタで開かれた津波支援国会議であった。ドイツの多額の援助金は国連常任理事国入りの実力を示すためでもあると思った。

二〇〇五年（平成一七年）

一月七日（金）　晴れ

午前三時半頃に就寝。午前六時半に目覚まし時計の音で目を覚ます。午前六時四五分に起床し、シャワーを浴びる。身支度して午前七時一九分頃に出勤する。手に手袋、首にマフラーをし、耳で携帯ラジオを聞き流ら早足で駅に向かう。駐車場の車には霜が降りていた。午前七時二六分の急行池袋行きに乗る。志木駅で始発の各駅停車池袋行きに乗り換える。座席に座ることは出来なかった。今日も快晴で寒いけどいい天気である。ローソンでおにぎりを二個買い求める。今日を乗り切れば今週は楽になる。連休が待っている。仕事場に午前八時一二分頃に着く。午前八時四七分から業務を開始する。

二〇〇五年（平成一七年）　一月八日（土）　快晴

午前五時頃に小用を足すために起きる。再度寝る。午前七時に目覚まし時計の音で目を覚ます。午前中の仕事を終えて帰宅する。最寄の駅の商店街を見て歩く。SofMap で PDA と電子手帳を見て歩く。ソニーもいいがシャープ製品がいいという結論だ。欲しいのは PDA でシャープ製のザウルスＳＬ-Ｃ3000 と電子手帳で同じシャープ製のＰＷ-Ｃ8000 である。シャープ製がいいのは液晶画面が綺麗なことである。二つで一二万円ほどの資金が必要である。直ぐには買えない。SofMap で PLANTRONICS 製の携帯電話用のヘッドセットを一九八〇円で購入する。携帯電話を換えたので運転中に今まで使っていたハンズフリーの機器は使えなくなってしまった。紀伊国屋書店で詩集・宗教書・哲学書・心理学書のあるコーナーで立ち読みをする。帰宅したのは午後五時ごろであった。

二〇〇五年（平成一七年）　一月九日（日）　晴れ

午前一〇時半頃に起床。洗面をすませ、洗濯を開始する。干していた衣類と綿のブランケットをベランダから取り込む。二回、洗濯機を回す。テレビ朝日の番組『サンデー・プロジェクト』を観る。宮沢元総理の憲法改正に対する意見には耳を傾ける価値があると思った。「今までうまくやってきた憲法なのだから、無理に憲法を改正する必要はない。」という趣旨だった。昼食はインスタントのナポリタンとみかん三個。午後三時頃からガスストーブの上に鍋を置きお汁粉を作る。小豆のにおいがいい。灰汁取りをする。午後五時頃に洗濯物を取り込む。午後六時からピアノの練習を始める。教則本はハノンを使用する。親指と小指を目いっぱいに開き、手が痛くなり長くは弾いていられなくなる。午後七時二五分から入浴する。ピアノとイタリア歌曲のレッスンを受けに浦和まで愛車で出かける。ピアノはハノン（全音楽譜出版社）の一〇六頁を弾く。声楽はイタリア歌曲集〈1〉（全音楽譜出版社）の中の「Nel cor piu non mi sento」（もはや私の心には感じない）と「Caro mio ben」（いとしい女よ）を歌った。初めに発声を練習したが、毎度のことだがイの発声がうまく出来ない。顔の表情筋と口を上げるようにして、イが発声出来るようにしなければと思う。レッスンは午後九時に終わる。一月二三日が発表会と知らされる。西郵便局へ立ち寄り埼玉縣信用金庫からの郵便を受け取りに行く。ボタンを押すと小窓が開き、男性職員が出てきた。受け取り時に免許証を提示し、印鑑を押印する。次にＪＯＭＯのガソリンスタンドへ寄り軽油を千円分入れる。午前一一時頃に帰宅する。テレビをつけてＮＨＫ教育番組の『芸術劇場』を視聴する。ゲルギエフ指揮ウィーン・フィル日本公演の最後のほうの演奏を聞く。午後一一時二六分からサイモン・ラトル指揮のベルリン・フィルのヨーロッパ公演の演奏を聴く。場所はギリシャのアテネの古代円形劇場。曲目はブラームス作曲、シェーンベルク編曲のピアノ四重奏曲第一番（管弦楽版）を視聴する。ゲルギエフ指揮のウィーン・フィルは初めから視聴したかった。この二組の取り合わせは現在のクラシック界では最高のものではないだろうか。二つとも素晴らしい演奏であった。ウィーン・フィルもベルリン・フィルも音楽に躍動感があって、うねりながら前に進んでいくのがいい。一言でいえば音楽がダイナミックなのだ。

二〇〇五年（平成一七年）

一月一〇日（月）　晴れ

午前一時一五分から午前三時一七分までＮＨＫで放送された「日本人メジャーリーガーの群像」の中のイチローと大家友和の分を観る。よく編集されていて、物語として見応えのあるものだった。大家選手は打球を利き腕の右手に受け、橈骨を骨折する。二週間でギブスを外していたのにはびっくりだったが、リハビリを早めにしなければ手首は自由を失い野球が出来なくなる可能性は大であっただろう。午前五時一五分に就寝する。午後一時半に目覚める。洗面をすませ洗濯機を回す。午後三時からカレーライスを作り始める。具は玉葱、人参、ジャガイモ、エノキダケ、豚肉。カレールーはHouseの印度カレー（香りのミックススパイス付き）とHouseのカレーパウダー（顆粒）とＳ＆Ｂ食品のゴールデンカレー（中辛）とヱスビー食品のコショウをミックスして使った。他にご飯を平和製の圧力鍋で炊く。スカパーの音楽番組をステレオにつないで音量と低音を聞かせて楽しむ。麒麟ビールの生黒350ml飲みながら調理する。つまみは酒悦（台東区上野）の〝紫蘇入りクキワカメ〟。午後四時四〇分にカレーとご飯が出来た。インターネットでRearPlayerを起動しラジオセクションを開き、JAZZヴォーカルのラジオ放送を聞く。スピーカーはAIWA製のMULTIMEDIA ACTIVE SPEAKER SYSTEM SC-C78を使っていて、BUILT-IN SUBWOOFER搭載なので重低音が聞けて、それなりの音はでる。午後五時に洗濯してベランダに干していたウールのブランケットを取り込む。今日初めて外気に触れる。寒いが気持ちがいい。夕方の雲ひとつない晴れ渡った空は美しい。生きている実感を得る瞬間であり、自然エネルギーを注入する瞬間でもある。午前中に洗濯していた衣類をベランダに干す。カレーライスを食べる。最初、熱過ぎて味がよくわからない。少し冷まして食べる。いける味だ。明日の出勤時に持っていくものをチェックして準備する。カバンと手提げ袋を持っていく予定である。今までに届いた年賀状は四九枚。午後七時から四〇分ほど読書をする。昨夜、郵便局の後にセブン・イレブンで水道料金一九五三円を支払う。

二〇〇五年（平成一七年）　一月一一日（火）　快晴

午後五時頃に小用を足すために起きる。再度寝る。午前七時頃に起床し、洗面を済ませ、電気カミソリで髭を剃る。下着を全部変える。朝食を済ませ、午前七時四五分に出勤する。午前八時一七分頃に仕事場に着く。午前八時四五分から仕事を開始する。午後〇時一五分に職員食堂で昼食を摂る。お腹はペコペコだった。今日の献立はご飯に味噌汁、豚肉の和風ステーキときんぴらだった。午後五時半頃に退社する。午後五時四一分発の志木駅行きに乗る。お腹はペコペコだ。携帯ラジオでAFN放送を聞きながら帰宅の途につく。午後六時二〇分頃に帰宅する。ポストに年賀状二二枚が届けられていた。洗濯物をベランダから取り込む。午後七時からNHKのニュースを見る。缶ビールを飲む。カレーライスが今夜の夕食となる。食後に温州みかん三個を食べる。午後七時三〇分からNHKの「クローズアップ現代」を観る。ウクライナ選挙とアメリカ合衆国とロシアの動きを伝えていた。午後一〇時半に就寝。

二〇〇五年（平成一七年）　一月一二日（水）　晴れ

午前一時半頃に小用で目が覚める。コーヒーを沸かして蜂蜜を入れて飲む。午前五時一五分頃に就寝する。午後七時四分に起床し、シャワーを浴びる。シャワーを浴びる時に直ぐにお湯が出ず水を浴びてしまった。水道管かパイプが凍っていたのではないかと思った。下着を洗濯したものに着替える。午前七時三〇分頃に出勤する。午前七時三九分発の急行池袋行きに乗る。志木駅で各駅停車池袋行きに乗り換える。電車では座席に座ることが出来なかった。携帯ラジオでＮＨＫ・ＦＭのクラシック番組を聞く。ローソンでおにぎり二個と蒸しパン一つを購入する。味噌汁を作っておにぎりと一緒に食べる。コーヒーを沸かして飲む。午前八時四五分から仕事を開始する。午後〇時一八分に地下にある食堂へ降りて行き昼食を摂る。献立はご飯に味噌汁、副菜に手作りのコロッケ二個とブロッコリーとトマトのサラダ。午後五時二五分にタイムカードを押す。着替えをして退社する。携帯ラジオでＡＦＮ放送を聞きながら駅へ向かう。電車が来るような予感がしたので走った。改札口を見ると乗客が電車から降りてきていた。再度ダッシュして成増行きの電車に飛び乗った。成増駅で準急電車に乗り換える。先頭車両の空いている座席を見つけて座る。途中、眠くなって居眠りをする。駅前の酒屋でビール券を使って缶ビール（350ml）を六本買う。午後六時二五分頃に帰宅する。午後七時からＮＨＫのニュースを観る。午後八時からスピルバーグ監督作品『ＡＩ』（二〇〇一年作品）を見ていたが、途中で寝てしまった。ロボットの少年がバーチャルのドクターに人間にしてくれるという妖精はどこにいるか聞くところだった。主人公の少年はハリウッド映画『シックスセンス』に出ていた少年で主役のブルース・ウィリスを完全に主役の座を奪っていた。

二〇〇五年（平成一七年）　一月一三日（木）

午前四時五五分頃に目を覚ます。小用を済ませ、洗濯機の中から衣類を取り出しベランダに干す。寒いが夜空の星が美しい。しばし見とれる。ガスストーブのやかんに水を入れる。空になっていたので、水を入れるとジュッという音がした。お風呂の水をポンプで洗濯機の中に汲み出す。ほとんど空になった湯船にお湯を入れる。室温：二〇度。午前六時二一分に窓越しに外をみると白み始めていて何ともいえない景色である。入浴する。下着を全部洗濯したものに着替える。今日は午前中のみの仕事なので気が楽である。午前七時二二分頃に出勤する。午前七時三一分に急行池袋行きに乗る。ほんとは二九分発だが到着が遅れていたので乗車することが出来た。志木駅で各駅停車池袋行きに乗り換える。遅れがひどくなりいつもより乗客が多くプラットフォームは混雑している。定刻より二〇分ほど遅れて仕事場に着く。携帯ラジオでＮＨＫ・ＦＭのクラシック番組を聞く。メンデルスゾーン作曲のピアノ三重唱とベートーヴェンの交響曲第三番「英雄」（クルト・マズア指揮、ライプティヒ管弦楽団演奏）を聞く。ローソンでおにぎり二個（昆布とおかか）を買い求める。インスタント味噌汁をおにぎりと一緒に食べえる。午前八時四五分より業務を開始する。午後〇時二〇分ぐらいに退社する。お腹がぺこぺこで中華料理店ジローで餃子定食を注文する。四八〇円を前払いする。ようやく空腹感を満たしてお店をでる。志木駅行きの電車に乗り、帰宅の途につく。日差しがあたる席に座ることが出来た。居眠りしてしまい、あやうく乗り過ごすところだった。スターバックスコーヒー店へ入り、席を確保してからカフェラテ（トール）を注文する。直射日光があたる席で冬とは思えない暑さである。煙草の煙がないので安心して過ごすことが出来る。わたしは煙草が死ぬほど嫌いなので、煙草を吸う人とは一緒に暮らせない。読み掛けの本を読む。一時間半ほどしてお店を出る。ＮＴＴドコモショップに立ち寄り、F901iの機能を触って確かめる。午後五時頃に帰宅する。ガスストーブに火をつける。洗濯物を取り込み、洗濯機から衣類を取り出しベランダに干す。毎日新聞夕刊紙に目を通す。午後七時からASAHIの黒生（350ml）を飲みながらＮＨＫのニュースを観る。摘みは金目鯛とポテトサラダと柿の種。

二〇〇五年（平成一七年）　一月一四日（金）　晴れ

午前一時半に就寝する。午前六時半に目覚まし時計の音で目を覚ます。午前六時五五分に起床する。トイレへ行く。温度を四八度に設定してシャワーを浴びる。下着を替えて、午前七時三〇分頃に出勤する。玄関の上にある電気メーターの回転を見て室内にある電気製品の消し忘れを点検する。異常なしと判断する。AIWA製の携帯ラジオでＡＦＮ放送を聞きながら駅へ急ぎ足で向かう。午前七時四五分に各駅停車池袋行きに乗る。運良く座席に座ることが出来た。今日を乗り切れば楽になる。ローソンで菓子パンを買う。午前八時四五分から仕事を開始する。昼食の献立はご飯に味噌汁、鯖香味焼きと磯煮だった。

二〇〇五年（平成一七年）　一月一五日（土）　雨

午前〇時半頃に就寝。午前七時に目を覚ます。午前七時一〇分に起床。洗面をし、電気カミソリで髭を剃る。餅を三個食べて出勤する。午前八時一〇分頃に仕事場に着く。暖房のスイッチを入れる。室温を二五度に設定する。仕事着の白衣に着替える。（株）国太楼のドリップコーヒーを煎れて飲む。午前八時四五分から仕事を開始する。半袖で仕事をしているので今日は寒い。午後〇時四五分に退社する。傘をさして駅へ向かう。成増行きの電車に乗る。寒いせいかお腹はペコペコ。携帯ラジオでＡＦＮ放送を聞く。スポーツ中継だったのでＦＭ放送に切り替える。

二〇〇五年（平成一七年）　一月一六日（日）　雨

午前五時に起床する。小用を足す。お湯を沸かしコーヒーを飲む。電気カミソリで髭を剃る。午前にお雑煮に餅を三個入れて食べる。午前七時四五分から朝日新聞の朝刊に目を通す。午後三時頃に缶ビール（350ml）を二本飲む。つまみは柿の種とピーナッツ。何もしない日曜日。午後四時から午後五時半まで昼寝をする。午前七時四五分から朝日新聞の朝刊に目を通す。午後七時三五分に愛車で声楽のレッスンを受けにさいたま市浦和区へ出かける。発表会前なので先生の指導が厳しい。午後九時頃にレッスンが終わる。帰りにセブン・イレブンへ寄りスパゲッティ（1.6mm）を買い求める。午後一〇時一〇分頃に帰宅する。スパゲッティを茹でて食べる。食パン一枚をトーストにして食べる。ココアを飲む。午後一一時一五分から6チャンネルの番組『情熱大陸』を観る。世界的なロッククライマー、小山田大さんをとりあげていた。

二〇〇五年（平成一七年）　一月一七日（月）　曇り

午前一時に就寝する。午前六時半に自然に目を覚ます。トイレで用を足す。温度設定四八度のシャワーを浴びる。下着を全部替えて、出かける準備をする。午前七時二八分頃に出勤する。鍵をかける前にガスストーブを消し、電気製品のスイッチを切る。毎日新聞朝刊とイタリア歌曲集と読みかけの本を持参する。早足で駅へ向かう。携帯ラジオでAFN放送を聞く。午前七時三九分発の急行池袋行きに乗る。満員で身体の自由が効かず苦しかった。志木駅で各駅停車池袋行きの電車に乗り換える。ローソンでおにぎり（昆布）一個と蒸しパン一つを買い、イタリア歌曲集を二枚コピーする。午前八時二六分頃に職場に着く。部屋の電気をつけ、暖房を入れる。電気ポットに水をいれる。白衣に着替える。インスタント味噌汁を作って、おにぎりと一緒に食べる。午前八時四六分から業務を開始する。午後〇時一八分から昼食。献立はハヤシカレーとサラダ。昼休みに発表会で歌うイタリア歌曲を小声で練習する。午後五時三六分に退社する。午後五時四一分に志木駅行きの電車に乗る。駅に着いてからスーパーで買い物をする。伊藤園の宇治抹茶入り玄米茶・旭松食品のインスタント味噌汁（五つの具材で一〇食分）・中村屋のマイルドチキン印度カレーとビーフスパイシー印度カレー各一個・玉こんにゃく1袋・筑前煮用カット野菜一袋・銚子産の中アジを三匹買い求める。午後六時三五分頃に帰宅する。服を着替える。洗濯物をベランダから取り込む。洗濯物を洗濯機の中から取り出し、ベランダに干す。アジをガスレンジで焼く。ビールを飲みながらアジを食べる。午後七時からＮＨＫニュースを観る。今日は神戸・淡路大震災が起きて一〇周年にあたる。今年来た年賀状の枚数を数えたらちょうど七七枚あった。午後一〇時二〇分頃に就寝。

二〇〇五年（平成一七年）　一月一八日（火）　晴れ

午前四時二〇分頃に起床。室温は一四度。洗面をし、流しの食器とお鍋を洗う。お風呂場のマットを洗濯機の中から取り出し、ベランダに干す。星空を見る。お鍋に水を入れ、数種類の玉こんにゃくと筑前煮用にカットされた野菜を入れる。削り節と顆粒のだしの素と醤油を入れる。お風呂にお湯を入れる。入浴する。下着を替えて、出勤の準備をする。筑前煮の味見をする。醤油を少し足す。お碗に少し入れて食べる。午前七時二一分に出勤する。駐輪場に置いてある自転車をチェックして、駅へ向かう。午前七時三三分の準急池袋行きに乗る。午前八時一〇分に駅に着く。駅前のサンクスでミニ寿司サラダ巻(一三六円税込み)を買い求める。一包装に三個入っていて、熱量は三個で二六九キロカロリーである。仕事場に着くとドアを開け、蛍光灯のスイッチを入れる。鞄と手提げ袋を椅子の上に置き、暖房のスイッチを入れる。二五度に設定。東芝製の電気保温ポットのプラグをコンセントに差し込む。保温は九八度に設定する。電気カミソリで髭をそる。エネルギー不足になったので、充電する。お湯が沸いたのでインスタント味噌汁を作りミニ寿司と一緒に食べる。毎日新聞朝刊に目を通す。午前八時四六分から仕事を開始する。午後〇時一五分から地下にある職員食堂で昼食を摂る。今日の献立はご飯に玉子スープ、豚肉の和風ステーキとお浸しだった。午後五時半頃に携帯電話を使って母親に電話する。去年の暮れ頃から調子を崩していたとのハガキを昨日もらったので、心配になって電話をした。電話をかけたら元気そうだったので安心した。新しく編んだセーターを送るからと母は言った。午後五時三五分に退社する。午後五時四一分に志木駅行きの電車に乗る。志木駅で嵐山行きに乗り換える。午後六時一〇分頃に着く。回転寿司屋に入り、お寿司を五皿食べる。五二五円だった。サーモン、いか、トロ、エビ、マグロを食べた。スターバックスコーヒー店に入ったが満席だったので、引き返してEXCELSIOR CAFFEに入る。タバコの煙りがムッとして躊躇したが、あきらめてタバコの煙りが少ない席を確保した。カウンターへ行きカフェラテを注文し、三三〇円を支払う。午後七時から久しぶりに集中して読書をする。午後七時四〇分頃に帰宅する。衣服を着替える時にタバコの臭いが付いているのにがっかりさせられた。タバコの煙りが充満しているお店には行かないようにしよう。午後九時から一二チャンネルの番組『何でも鑑定団』をみる。高麗青磁象嵌（雲鶴紋）の茶碗が出品されていた。残念ながら鑑定の結果は一〇万円だった。近代になった高麗青磁の復興を願って、新しい釜で焼かれたものだと鑑定士の中島誠之助氏は説明していた。

二〇〇五年（平成一七年）　一月一九日（水）雨

午前一時半頃に就寝。午前六時半に目覚めるが床上げしたのは午前七時。用を足してシャワーを浴びる。下着を全部替えて、通勤用の洋服を着る。靴下を履くときは畳に座ってはく。午前七時三一分に傘をさして出勤する。携帯ラジオでテレビのＮＨＫニュースを聞きながら駅へ急ぐ。午前七時三九分発の急行池袋行きに乗る。満員で吊革も持つことが出来なかった。志木駅に着いたら人を押し分けて電車を降り、各駅停車池袋行きに乗る。座席は埋まっていて座ることは出来なかったがホッとする。携帯ラジオの番組をＮＨＫ・ＦＭのクラシック音楽に変える。チャイコフスキー作曲の交響曲第三番ポーランドに耳を傾ける。駅近くのローソンで昆布のおにぎりと蒸しパンを買い求める。午前八時二二分頃に職場に着く。午前八時四七分から業務を開始する。午後〇時一五分から昼食を摂る。献立はご飯に味噌汁、豆腐のハンバーグとカボチャの含め煮だった。午後五時二六分に退社。職場の人、三人で「和民」で飲み会。サービス券を利用して割り勘で一人、一四〇二円だった。午後七時二〇分頃に店をでる。帰宅の途につく。ＮＨＫの番組『その時、歴史が動いた―日露戦争』を観る。興味深かった。

二〇〇五年（平成一七年）　一月二〇日（木）晴れ

午前零時に就寝。午前六時半頃に目を覚ます。用を足して、午前七時からシャワーを浴びる。温度は四八度に設定。午前七時三〇分に電気とガスストーブを消して、出勤する。携帯ラジオと携帯電話と財布と定期券と鍵束を上着に入れて、首にマフラーを巻き肩にカバンを掛けて、手袋なしで駅へ急ぎ足で向かう。携帯ラジオでＮＨＫ・ＦＭのクラシック番組を聞く。ドヴォルザーク作曲の『新世界から』を聞く。午前七時四五分発の各駅停車池袋行きに久しぶりに乗る。座れないと思って並んでいたが運良く座れた。乗り換えなしで仕事場のある駅へ着く。いつものローソンで蒸しパンとおにぎりを買う。午前八時二六分頃に仕事場に着く。午前八時四五分から仕事を開始する。ドリップコーヒーを煎れて飲む。午後〇時二〇分に職員からカレーパンとおにぎり二個をいただく。電子レンジで温めて食べる。午後一時五分頃に退社する。志木駅行きの電車に乗る。志木駅で急行電車に乗り換える。眠くてしようがない。午後一〇時半頃に就寝。

二〇〇五年（平成一七年）　一月二一日（金）晴れ

午前五時頃に起床。用を足し、シャワーを浴びる。下着を洗濯したものに替える。いつものように準備して出勤したが、玄関先にある電力消費量のメーターがいつもより速く回っていたので、部屋に入って確認すると電気ストーブがつけっぱなしになっていた。驚いて直ぐ消した。洗濯中の洗濯機だけが動いている。安心して玄関に施錠して駅へ向かう。午前七時三九分発の急行池袋行きに乗る。席には座れない。志木駅で志木駅発各駅停車池袋行きに乗る。この電車にも座席には座れなかった。携帯ラジオでＮＨＫ・ＦＭのクラシック音楽を聴く。今朝は女性アーティストによる歌曲が流れていた。ローソンで昆布のおにぎりと蒸しパンを買う。午前八時二五分頃に職場に着く。お湯を電気ポットで沸かし、インスタント味噌汁を作りおにぎりと一緒に食べる。お茶をガラス製の急須に入れ、お湯を注ぐ。味噌汁とおにぎりを食べたら、ドリップコーヒーを煎れる。午前八時四五分から業務を開始する。午後〇時二三分から地下にある職員食堂で昼食を摂る。午後五時四五分に退社する。金曜日の仕事が終わるとほっとする。帰宅の途につく。

二〇〇五年（平成一七年）　一月二二日（土）快晴

午前七時に目を覚ます。小用をたし電気カミソリでヒゲを剃る。朝食は揚げ餅三個。午前七時五四分に出勤する。午前八時四六分から仕事を開始する。午後〇時四〇分に退社する。お腹はペコペコである。定食屋ジローでレバーニラ炒め定食を注文する。五八〇円也。食べ終わって駅へ向かう。成増駅行きの電車に乗る。成増駅で準急電車に乗る。ふじみ野駅で急行小川町行きに乗る。電車の中で寝てしまった。午後二時三二分にローソンに寄ってLAWSON PASSのポイントカードを確認する。申し込んでいた懸賞コースは全部ハズレだった。新たに「グリーンジャンボ宝くじ百枚を連番で！」（応募ポイント三〇）と「全国百貨店共通商品券二万円分」（応募ポイント三〇）と「アップル i Pod mini」（応募ポイント三〇）と「ローソンのお店でカゴ詰め放題権」（応募ポイント三〇）を申し込んだ。他に環境社会貢献コースでESAアジア教育支援の会（バングラデシュに学校建設）

に五〇ポイントを寄付した。これでローソン・パスの累計ポイント数は千点となった。歩いていると空き事務所を利用して何かを販売していて、男性社員に聞くとひまわりグループといって移動型店舗で健康食品を販売していますという。客寄せだと思うがトイレットペーパー（一包装一二ロール）×二が百円だった。安いので買い求めると、プルーンエキス一瓶（300g）が無料でもらえた。午後二時五〇分頃に帰宅する。イタリア歌曲「Caro mio ben」を練習する。午後七時半頃に愛車で声楽のレッスンを受けに浦和まで出かける。明日が声楽の発表会なので気合が入る。今日の午後から喉が痛くなりだしたのが心配である。午後八時一五分に着き、午後九時一〇分にレッスンを終える。午後一〇時一五分頃に帰宅する。ＮＨＫ教育番組「詩のボクシング」をみる。優勝者は山口県防府市出身の女性、林木林さんであった。ガスストーブで小豆を煮てぜんざいを作る。

二〇〇五年（平成一七年）

一月二三日（日）曇り

午前九時に起床したが、それまでに二度ほど用を足す。咽喉の痛みを覚える。困った。今日の午後に声楽の発表会がある。トーストとぜんざいを食べる。お風呂にお湯を溜める。止めるのが遅くなり、お湯が湯船からこぼれ落ちそうになっていた。毎日新聞朝刊に目を通す。入浴する。風邪の症状が出てきたので横になって休む。午後〇時二五分に音楽界参加のために愛車を運転して浦和へ向かう。浦和近くのセブン・イレブンに寄ってお寿司を買って食べる。地下駐車場に車を置き、エレベーターで八階へあがる。先生と生徒二人が既に来ていた。発表者が座る椅子などの準備を手伝う。手伝いが終わると先生のピアノ伴奏で舞台にたって歌う曲を練習した。譜面台を持ち出して発表者控え室で一人練習をする。浦和地区が一望できる眺めのいいところで気持ちよく練習できた。緊張感が出てきた。咽喉の痛みは相変わらずだ。午後二時四五分に音楽界が始まる。私の出番は五番目である。控え室から楽屋に移動する。発表者はみな緊張気味で言葉数が少ない。一曲目はうまく歌えなかった。二曲目の「Caro mio ben」はまあまあ歌えたと思う。声がよく出ていたのが良かったと思う。開き直って歌った感じだ。場数を踏むことが大事である。私の後に登場した人たちのピアノ演奏はびっくりするほどうまかった。モーツアルト、バッハ、ショパン、リスト、ラフマニノフのピアノ曲を難なく弾きこなしていた。男性の参加者はギター演奏が二人、声楽が私を入れて二人、ピアノ演奏が一人であった。後片付けを手伝って午後五時二〇分頃に地下駐車場を出る。駐車料金は七二〇円だった。午後六時四〇分頃に帰宅するが雪が降って、運転しづらかった。風邪の症状がはっきり出てきたので、ガスストーブを消して午後八時半頃に床について眠った。忙しい日曜日であった。

二〇〇五年（平成一七年）　一月二四日（月）曇り

午前三時に目が覚める。小用を足す。ガスストーブをつける。ストーブの上にやかんをのせる。流しの食器を洗う。ぜんざいを温めて砂糖を足して食べる。日記を書く。午前五時半頃に再度、横になる。咽喉の痛みと頭痛とくしゃみと鼻詰りで苦しい。室温は一六度。何度も鼻をかむ。午前七時一〇分に起床する。頭が重くノドが相変わらず痛い。午前七時三五分頃に出勤する。午前七時四五分の各駅停車池袋行きに乗る。午前八時二〇分に仕事場のある駅に着く。ローソンでおにぎりと蒸しパンとノドアメを買い求める。のど飴は龍角散喉飴を買う。午前八時四七分に業務を開始する。半袖の白衣なので寒く感じてしかたがない。午後〇時一五分に地下にある職員食堂で昼食を摂る。今日の献立はご飯に若竹汁、龍頭あんからめと茄子のお浸しだった。お茶を飲む。龍角散喉飴を舐め続ける。午後五時三五分に退社する。午後五時四一分発の志木駅行きの電車に乗る。電車に乗っていて寒気がひどくなる。帰宅したら早く寝ることにしよう。大戸屋で夕食を摂る。白菜と鶏肉のトロトロ煮定食を注文する。七二一円也。午後七時ぐらいに帰宅する。NHKのニュースを見る。ぜんざいを食べ終わったら布団の中に潜り込む。午後七時からNHKの番組「クローズアップ現代」を見る。ヨーロッパから輸入される受粉用に利用される働き蜂についてのリポートだった。蜂については非常に興味がある。続いてNHKの番組「ふしぎ大自然」を見る。今夜はヒマラヤの雪ヒョウが取り上げられていた。雪ヒョウが険しい岩場で狩りをするところで寝てしまう。午後一一時五〇分頃に目を覚ます。ガスストーブを消す。用を足す。身体はまだ風邪の症状があり苦しい。

二〇〇五年（平成一七年）　一月二五日（火）　快晴

午前〇時五五分に再度寝る。午前七時一〇分に起床する。思い切ってシャワーを浴びる。急いで身体を拭き、下着を着る。時間が過ぎてゆき、いつもの出勤時間よりだいぶ遅くなる。慌てる。電力消費メーターを確認して玄関を施錠する。午前七時五五分発の地下鉄新木場行きに乗る。席に座ることが出来た。志木駅で志木駅始発の各駅停車池袋行きに乗り換える。席が空いている車両を探す。最後尾の車両に空いている席があったので座る。駅に着くまで瞑想する。職場のある駅に午前八時三三分に着く。駅の売店でカロリーメイト（フルーツ）と龍角散喉飴を買い求める。職場に午前八時三七分に着く。遅刻寸前であった。急いで白衣に着替え、仕事開始の準備をする。午前八時四七分から業務を開始する。患者さんに心配をかけないように気合を入れて仕事に取り組む。午後〇時一五分から地下の職員食堂で昼食をいただく。今日の献立はご飯に味噌汁、手作りハンバーグに煮浸しだった。手作りハンバーグはおいしかった。午後五時三六分に退社する。午後五時四一分発の志木駅行きに乗る。乗り遅れないように何度か走った。走ったおかけで間に合った。座席にも座れた。志木駅で午後五時五八分発の急行武蔵嵐山行きに乗る。今夜も大戸屋で夕食を摂る。鶏と野菜の黒酢あんかけ定食を注文する。鶏肉がたっぷりあり自分にとっては多すぎる量であった。席に着いたのが午後六時一四分だった。七一四円也。食事を終えて銀行に寄って、午後七時一八分頃に帰宅する。身体の調子はだいぶ良くなってきたが、頭痛がまだ治らない。食欲はあるので助かる。午後七時半に横になって身体を休める。午後八時四五分にぜんざいを温めて食べる。ぜんざいはこれで食べ終わった。鍋に水を入れて洗う準備をする。

二〇〇五年（平成一七年）

一月二六日（水）　氷雨

午前一時一〇分頃に就寝。午前六時半に自然と目覚める。目覚まし時計の音を止める。午前六時四五分に鳴る二つ目の目覚まし時計の音を止める。午前七時に携帯電話のアラームが鳴る。午前七時三分に起床する。カーテンを開ける。外を見ると雨模様で傘をさして人が歩いている。とっさに今日、患者さんは少ないだろうなと思う。用を足す。ガスストーブに火をつけ、やかんに水を足してストーブの上にのせる。午前七時三二分に出勤する。頭痛も治まり元気が出ている。傘をさしていたが通行人を見るとさしていないので、確認して傘をたたむ。午前七時四五分の各駅停車池袋行きに乗る。席を一つ詰めてもらって座る。右隣りに座っているサラリーマン風の男は独り言をつぶやいていて嫌な感じである。左隣りに座っている中学生らしい男の子は居眠りをして、彼の隣に座っている若い女性に何度も起こされていた。いつも利用するローソンでおにぎりと蒸しパンとドリップコーヒーとハチミチを購入する。午前八時二五分頃に仕事場に着く。暖房を入れ、白衣に着替え仕事の準備に取りかかる。その間に電気ポットでお湯を沸かしインスタント味噌汁を作る。日高昆布のおにぎりと一緒に食べる。味噌汁のカップを洗い、ドリップコーヒーを煎れる。部屋にコーヒーの香りが満ちる。コーヒーに買ってきたサクラ印の純粋ハチミツを入れる。コーヒーと一緒に銀座木村屋のジャンボむしケーキプレーンを食べる。午前八時四七分から仕事を開始する。少ないと思っていた患者さんは多かった。毎日、手抜きをしおないで全力を尽くして仕事に取り組んでいる。何かを得るためには全力で取り組むことが肝心だと思っている。そうすることで患者さんの信頼を得てきたと自覚している。継続は力だと思う。午後〇時一五分から地下の食堂で昼食を摂る。今日の献立はご飯に味噌汁、ねぎ玉のオムレツに酢の物だった。昼休みに竹製の耳かきで両耳の耳垢を取り、両手の爪を爪切りで切って整えた。母親に電話を入れる。体調はほとんど元に戻った状態になった。午後五時三一分に退社する。午後五時四一分発の志木駅行きの電車に乗る。座ることが出来た。志木駅で急行電車の武蔵嵐山行きに乗り換える。満員で座ることは出来なかった。お腹がぺこぺこで、松屋のヘルシーカレーを夕食として食べる。二九〇円也。午後七時二一分に帰宅する。『クローズアップ現代』（NHK）を観る。土星の衛星タイタンの地上の観測を初めて行った土星探索衛星カッシーラーに搭載されたヨーロッパ宇宙機関が作った探索衛星に関する内容であった。冷蔵庫から伊藤園の「一日分の野菜」（野菜汁百％・二八〇g）を取り出して飲む。午後八時～午後一〇時五〇分まで寝てしまう。午後一一時から筑紫哲也NEWS23を見る。

二〇〇五年（平成一七年）　一月二七日（木）

午前六時頃に目が覚め、小用を足す。起きたついでにガスストーブに火をつける。再度、布団の中に潜り込む。午前七時に起床する。NHKの七時のニュースを聞く。シャワーを浴びるために湯沸かし器の温度を四八度に設定する。蛇口の栓を開き、お湯になるまで暫く間を置く。お湯になったのを確かめて衣類を脱ぐ。衣類の全部を洗濯機の中に入れる。頭のてっぺんより足の爪先に向かって洗う。歯も歯ブラシで一緒に洗う。一五分程で出て、無地のタオルで体を丁寧に拭く。拭き終わったタオルは洗濯機の中に入れる。洗濯した下着に着替え衣服を着る。午前七時半頃に出勤する。玄関の上に設置してある電力消費メーターの回転を確かめてから一階に降り、駅に向かう。午前七時四五分発の各駅停車池袋行きの電車に乗る。席には座れなかった。いつものローソンでおにぎりと銀座木村屋の蒸しパンを買い求める。レジで支払う時にポイントが加算されるローソンパスカードを差し出す。三ポイントが加算された。仕事場に午前八時二五分頃に着く。電気ポットでお湯を沸かし、旭松食品製造（長野県飯田市）のインスタント味噌汁（ワカメ）を日高昆布入りのおにぎりと一緒に食べる。食べ終わると今度は（株）国太楼の静岡工場で製造したモカプレゼントのドリップコーヒーをハチミツとマリームを入れて飲む。午前八時四七分から仕事を開始する。事務所でタイムカードを押し、部屋に戻って衣服を着替え、午後〇時五六分に退社する。駅の近くにある理髪店で散髪をする。三ミリのバリカンで髪を刈り上げる。ひげ剃りと洗髪抜きで料金は千円である。今回もいつもの女性の理容師にやってもらったが、この理容師にはやってもらいたくないのだが、不思議と行く度にこの理容師になってしまう。なぜ嫌なのか？この理容師が電気バリカンで髪を刈り上げる時にやたらと痛いからである。もう一人の男性理容師がやると痛くないのだ。散髪の後、お腹が空いていたので中華料理店ジローへ入り端の一番席に座りレバー韮炒め定食を注文する。上福岡駅で降り、銀行で新規に口座を開く。三〇分ほど待たされる。駅に向かう途中に伊勢屋というお団子屋さんを見つけた。仕事場の近くにも同じ名前のお店がある。店の前に出ていた店員さんに聞くと即座に関係あるそうですよという返事が返ってきた。ショーケースにお団子と和菓子が美しく並んでいた。つい誘惑にかられてあんこ入りと入っていない草餅をそれぞれ一個ずつ買った。前にある本屋に立ち寄り、国書刊行会が出版したスタニスワム・レム著沼野充義訳『ソラリス』を買った。定価は本体二四〇〇円＋税だったが一四四〇円だった。出版年は去年の九月で美本であった。買った理由は勿論レムに興味があるからだか、この本がポーランド語原典からの新訳だったからである。またこの本はスタニスワム・レム・コレクション全六巻のうち第一回配本になっている。全巻買いたいと思っている。スターバックスコーヒー店へ午後三時五五分に入り、カフェラテ（トール）を注文する。一人で座る席がなかったので予備校生と思われる男の子の席に相席させてもらう。三四〇円をレジで支払う。西日があたるので窓にはブラインドがかけられている。午後四時半に全部の窓のブラインドが開けられる。集中して読書を久しぶりにする。店を出てローソンでアサヒ缶ビール（350ml）とおにぎり二個を買って、午後五時一七分に帰宅する。洗濯物をベランダから取り込む。洗濯が終わった衣類を新たにベランダに干す。枕カバーと下着を洗濯機の中にいれ洗濯を始める。午後六時から民放のニュースを聞く。午後七時からNHKのニュースを見る。「振り込め詐欺」のニュースには憤りを感じる。暴力団組織を壊滅させてもらいたいと思った。午後九時に洗濯物を干しにベランダに出る。外気は寒いが月と星が冴え渡って見事に美しいと感じてしまう。ほとんど自分に星座の知識がないのをさびしいと思う。室温は二〇度である。

一月二八日（金）　晴れ

二〇〇五年（平成一七年）

午前一時半頃に就寝する。午前六時頃に目が覚め、小用を足す。ガスストーブに火を付け、やかんをのせる。再び、布団の中に潜り込む。午前六時四五分にシャワーを浴びる。約一五分をかけて、いつも通りに頭のてっぺんから足の爪先へ向かって丁寧に洗う。頭はプラスチックのトゲのような突起物で出来たもので洗う。足拭きマットを洗濯機に入れて洗う。衣服を着替え、ガスストーブを消し、蛍光灯を消して午前七時三二分に出勤する。玄関上にある電力消費量メーターを見て電気製品の消し忘れがないかどうかを確認する。久しぶりに携帯ラジオでＡＦＮ放送を聞く。午前七時四五分発の各駅停車池袋行きに乗る。空いている座席があったので座ることが出来た。肩掛けカバンと黒色の頑丈な生地で出来た袋を持参している。袋には読みかけの本と毎日新聞朝刊と朝食となるおにぎり二個と三時のおやつになる草餅二つと空きのペットボトル一つを入れている。午前八時二二分頃に駅に着き、仕事場までデューク更家氏のような感じで仕事場まで歩く。仕事場に着いて室温を見ると一五度であった。蛍光灯を付け、暖房のスイッチを入れる。電気ポットの電源を入れる。耐熱性のガラスの急須にお茶の葉を入れる。お湯が沸いてからインスタント味噌汁を作り、持参したおにぎり（二個）と一緒に食べる。おにぎりは電子レンジで温めた。お湯を急須にいれお茶を煎れる。午前八時四七分から仕事を開始する。仕事の合間にドリップコーヒーを蜂蜜とクリームを入れて飲む。午後〇時一七分から地下にある職員食堂で昼食を摂る。今日の献立はご飯に澄まし汁、豚肉の味噌焼きに大根サラダだった。午後五時四五分に仕事を終えて退社する。銀行のＡＴＭでお金を引き落とす。隣にある八百屋で焼き芋を買う。一〇〇グラム六〇円で一八〇円した。一個だが形がよく食べたらおいしかった。例年冬場になると八百屋が焼き芋を作っていたのは知っていたが買ったのは初めてだった。東武ストアで減農薬栽培の小豆（十勝産）と沖縄県波照間島産の黒砂糖を買う。鍋でぜんざいを作る。灰汁取りをまめにする。夕食はポン酢で食べる鍋物。午後九時から四チャンネルで放映された『猿の惑星』（二〇〇一年／アメリカ映画／ティム・バートン監督作品）を観る。午後一一時四〇分に入浴する。

二〇〇五年（平成一七年）

一月二九日（土）　晴れ後曇り

午前六時頃に目が覚めトイレに立つ。朝食は昨夜の鍋料理で出来た汁を使っての煮込みうどん。午前八時二六分に仕事場に着く。午前八時四五分から仕事を開始する。日本茶を沸かして飲む。お茶の銘柄は伊藤園の「お～いお茶宇治抹茶入り玄米茶」である。伊藤園の本社は渋谷区本町三丁目にある。通勤時にアイワ製の携帯ラジオでＮＨＫ・ＦＭのピーター・バラカン氏がＤＪをつとめる音楽番組を聴く。午後〇時二〇分に最後の患者さんが帰り、後片付けを始める。部屋に施錠して午後〇時四五分に退社する。今日もお腹がペコペコで駅の近くにある中華料理店ジローでレバーニラ炒め定食を注文する。スープに下ろしニンニクを少し入れる。スープのお代わりをする。お代わりは只である。スープのベースは鶏ガラでトジタマゴに葱が入っている。レバーニラ炒めは豚のレバーともやしと玉ねぎと白菜と韮が入っている。五八〇円を前払いする。午後一時二〇分頃に食べ終わり、満足して店を出る。志木駅行きに乗る。座席に座る。志木駅には午後一時四七分に着く。一分も待たずに急行小川町行きがきたので先頭車両に乗る。席が空いていたので座る。男の子二人が運転手そばの窓から進行方向を見ている。弟のほうは背が低いので背伸びして線路のほうを見ている。よそ見もせず真剣に見ている。駅に午後二時ちょうどに着く。満腹で眠くなってきた。車中では携帯ラジオでＡＦＮ放送の音楽番組を聴く。一週間の仕事を終え解放感を感じる。今から日曜日の夜まで時間を楽しむことにしよう。徒歩で帰る。午後二時一七分頃に帰宅する。午後三時半から午睡する。午後七時にＮＨＫのニュースを見る。静岡市で二人の婦人が刺し殺されたというニュースがトップニュースだった。痛ましい限りである。日本社会において殺人が日常化している。イラクだけではなく、この日本にも治安が必要だ。暴力がはびこっている。子供と老人にたいする虐待も暴力である。午後一〇時半頃に就寝する。

覚醒する風と火を求めて

二〇一七年一〇月二〇日　発行

著　者　本村　俊弘

発行者　知念　明子

発行所　七　月　堂

〒一五六―〇〇四三　東京都世田谷区松原二―二六―六
電話　〇三―三三二五―五七一七
FAX　〇三―三三二五―五七三一

印　刷　タイヨー美術印刷

製　本　井関製本

Printed in Japan
ISBN 978-4-87944-296-3　C0092